10
18

12, AVENUE D'ITALIE. PARIS XIIIe

Sur l'auteur

Homme de radio et de télévision, Jean-Pierre Alaux se consacre désormais à l'écriture. Il est l'auteur, avec Noël Balen, d'une série oeno-policière, *Le Sang de la Vigne* (Fayard), qui compte 17 volumes, et aujourd'hui adaptée en série télévisée avec Pierre Arditi. Après *Toulouse-Lautrec en rit encore*, il signe *Avis de tempête sur Cordouan*, confrontant le roman policier au monde de l'art.

www.jean-pierre.alaux.book.fr

JEAN-PIERRE ALAUX

TOULOUSE-LAUTREC EN RIT ENCORE

INÉDIT

10
18

« Grands Détectives »

créé par Jean-Claude Zylberstein

Du même auteur
aux Éditions 10/18

AVIS DE TEMPÊTE SUR CORDOUAN, n° 4460

Nous remercions les Éditions Flammarion pour l'autorisation de reproduction qu'elles nous ont accordée, pour les extraits de l'ouvrage *Toulouse-Lautrec* d'Édouard Julien.

ISBN 978-2-264-05070-0

« Dieu est comme Belphégor,
son souffle hante tous les musées ! »

François MAURIAC

PROLOGUE

Les giboulées qui, depuis trois jours, assombrissaient le ciel de Paris n'avaient pas dissuadé Séraphin Cantarel d'entamer sa balade du dimanche le long de la Seine, entre le quai de la Tournelle et le quai Voltaire. C'était un rite auquel il dérogeait rarement.

Ce matin-là, nombre de bouquinistes avaient renoncé à ouvrir leurs boîtes tant les bourrasques mettaient à mal leurs vieux papiers ; seuls les plus téméraires avaient entrouvert leurs caissons verts, attirant le chaland avec la tranche dorée de leurs plus beaux bouquins. Ces « libraires d'un autre siècle », Cantarel les connaissait tous. Il en tutoyait certains. Les vieux de la vieille, ceux qui avaient de la « bonne came », des livres anciens, des éditions originales, des lithos dégotées on ne savait où... La drouille, les polars à un franc, les reproductions aux couleurs criardes de poulbots, ce n'était pas son truc. Il laissait cette marchandise décatie aux touristes, aux gogos.

Non, M. Cantarel cherchait des « choses pointues », sur des époques bien déterminées, des auteurs connus des seuls bibliophiles, des ouvrages cousus main à tirage confidentiel. Rares étaient les bouquinistes qui ne connaissaient pas son titre de conservateur en chef du musée des Monuments français, même si Séraphin ne se prévalait jamais de sa qualité. M. Cantarel avait bonne réputation auprès de ces libraires ouverts à tous les vents. Il ne négociait jamais, ou très exceptionnellement, les prix et payait rubis sur l'ongle, généralement en espèces, avec des coupures Racine et plus souvent encore avec des Corneille, aussi chaque bouquiniste cherchait-il à s'attirer ses faveurs. Il faut dire qu'il avait pour lui, outre une grande érudition, une politesse exquise doublée d'une grande prévenance. Mais il avait surtout un léger accent du Sud-Ouest qui le rendait sympathique. Son patronyme n'était-il pas, à lui seul, une invitation au soleil, aux cigales, à la garrigue, bref au Midi ?

Parfois, sa femme Hélène l'accompagnait dans ses flâneries dominicales. Tous deux partageaient la passion des livres mais, à l'évidence, leurs lectures et leurs centres d'intérêt divergeaient sensiblement. Madame avait pour elle un visage lumineux et des lèvres joliment ourlées où se posait toujours un sourire. Elle arborait souvent un jean, un pull marin et des escarpins, alors que son très conventionnel mari ne savait se départir de son impeccable costume trois pièces en Tergal gris. Hiver comme été, il affichait la même élégance, col de chemise empesé, nœud papillon au vent, chaussures lustrées, pendant que sa femme jouait dans ses moindres gestes et ses vêtements d'une décontraction toute naturelle.

Mme Cantarel se plaisait à marchander, Monsieur en était outré. Madame se piquait de littérature érotique, Monsieur faisait mine de s'en offusquer. Atypique sans être franchement désaccordé, le couple Cantarel attisait donc la curiosité de la grande famille des bouquinistes, mais faisait aussi leur chiffre d'affaires du dimanche.

— Monsieur Cantarel, je suis ravi de vous voir, j'ai précisément un ouvrage rare qui ne manquera pas de vous intéresser…

Ainsi, le conservateur se faisait-il régulièrement alpaguer par ces libraires obstinés qui bravaient parfois le froid et la pluie pour une recette qui, à la fin de la journée, n'excédait guère cent francs. Rares étaient les dimanches où Séraphin rentrait bredouille dans son appartement feutré de la rue des Beaux-Arts.

Depuis que ce provincial dans l'âme avait décroché cette haute fonction à la capitale, son rendez-vous hebdomadaire avec les bouquinistes du quai Voltaire relevait d'une drogue librement consentie, comme le gâteau du dimanche acheté religieusement dans la meilleure pâtisserie du quartier. Il aimait ces métiers d'itinérants, le caractère précaire et aléatoire de ces commerçants qui, au gré des caprices du temps, remplissent votre cabas à coups de baratin ou d'argument fallacieux. Séraphin n'était dupe de rien.

Il n'oublierait jamais qu'il était né, voilà plus de quarante-cinq ans, au quatrième étage d'une maison léprosée du Vieux-Cahors, face à la cathédrale Saint-Étienne. Enfant, chaque mercredi et chaque samedi, le petit Cantarel était réveillé à l'heure du laitier par les paysans du Lot venus vendre le fruit de leurs récoltes, qu'il soit issu de leur jardin ou de leur verger. De la place Chapou, encombrée de parasols de toutes les couleurs, montaient crescendo les clameurs d'une foule jacassière, mais aussi et surtout les odeurs enivrantes des étals. Des senteurs de lait caillé, d'épices, de vin nouveau, de volailles fraîchement abattues. Aux commerçants ayant pignon sur rue, Séraphin Cantarel avait toujours préféré les vendeurs des quatre-saisons d'autrefois.

Le livre n'était-il pas parvenu dans les campagnes les plus reculées par les colporteurs, marchands d'almanachs et autres potions magiques ? Quant à la tradition des bouquinistes, elle remontait au XVIe siècle. Mais les libraires, qui exerçaient leur commerce dans des boutiques où ils payaient patente, virent d'un très mauvais œil l'expansion de ces marchands de livres à la sauvette. Plus tard, un règlement vint interdire les étalages de livres sur le Pont-Neuf. Régulièrement, la maréchaussée traquait les libraires ambulants, grands pourvoyeurs d'écrits licencieux. Il fallut attendre 1859 pour que des concessions soient mises en place par la Ville de Paris. Les bouquinistes purent alors s'établir sur les parapets des quais de Seine moyennant un « droit de tolérance » et une patente annuelle de vingt-cinq francs. Séraphin n'ignorait rien de cette profession et préférait de loin la compagnie des libraires à ciel ouvert plutôt que celle des boutiques obscures de la rue de la Huchette ou de Montparnasse.

Ce dimanche-là, Hélène avait refusé d'accompagner son mari, prétextant un « temps de chien » et une envie de grasse matinée. Qu'à cela ne tienne, Cantarel irait seul musarder sur les quais. Il avait enfilé son Burberry, vissé son feutre sur son crâne gagné par une calvitie naissante et s'était armé de son parapluie pour s'abriter d'une probable averse. Il s'était attardé dans un café du quai de Conti où il avait ses habitudes du dimanche.

— Un crème avec un croissant au beurre, avait-il dû réclamer au garçon boutonneux qui avait remplacé Armand, le cafetier de service, victime la nuit précédente d'une hémiplégie faciale.

Fidèle à ses petites manies, Cantarel avait déployé son journal et parcouru d'un œil faussement distrait les nouvelles du jour : le Midi était à feu et à sang. Les viticulteurs de Lodève, Perpignan, Montpellier et Narbonne n'acceptaient plus que les vins italiens déferlent en France alors que les cours des rouges languedociens étaient au plus bas. Ruinés et désespérés, les vignerons bloquaient les routes, les aéroports, et n'hésitaient pas à en découdre avec les forces de l'ordre. L'enfant de Cahors, si fier de son vignoble, prenait fait et cause pour les paysans du Midi. Élu depuis moins d'un an à la présidence de la République, Valéry Giscard d'Estaing s'apprêtait à se rendre en visite officielle en Algérie. C'était la première fois qu'un président français foulait à nouveau le sol algérien après l'épisode douloureux qui avait précédé l'indépendance du pays. Séraphin songea alors à son communiste de père. Qu'en aurait-il pensé, lui qui était convaincu que « seule la méthode forte » viendrait à bout de la chienlit des Aurès ?

Une seule nouvelle cependant affecta profondément Cantarel : la mort, à soixante-huit ans, de Joséphine Baker, totalement ruinée et déprimée. La danseuse et chanteuse noire du Missouri occupait une place privilégiée dans son cœur. C'était moins l'interprète de *J'ai deux amours* que le modèle de tolérance et d'intégration qu'incarnait Baker qui l'avait touché. Cantarel avait eu le privilège de rencontrer la star dans son château des Milandes qu'elle avait acquis en Dordogne, en 1947, pour y abriter « ses enfants du monde ». Joséphine avait accueilli son hôte avec spontanéité et enthousiasme à une époque où Séraphin n'était que le modeste conservateur du musée Henri-Martin de Cahors. Avec une érudition époustouflante, elle lui avait fait visiter son château qui n'appartenait déjà plus au Moyen Âge sans être cependant paré des atours de la Renaissance. « Mon château des Milandes est comme moi, il est à cheval entre deux civilisations, deux cultures. Je ne suis ni noire ni blanche. Je suis les deux à la fois ! » Cette phrase lui revenait en mémoire alors que la pluie griffait la vitrine du café et que le vent chassait les rares badauds qui s'aventuraient quai de Conti.

Séraphin Cantarel n'était pas étonné que Georges Simenon ait succombé au charme de Joséphine au temps où il était présumé être son dévoué secrétaire. « Quand elle posait la main sur votre épaule, elle faisait de vous l'être le plus cher de son cœur », se plaisait à répéter Cantarel qui avait gardé dans son bureau de Chaillot une photo de cette rencontre aux Milandes. En guise d'autographe, la « Vénus d'ébène », comme se plaisait à la désigner la presse procolonialiste d'avant-guerre, avait écrit d'une plume rageuse :

> *À mon ami Séraphin, tous les hommes n'ont pas la même couleur, le même langage, ni les mêmes mœurs, mais ils ont tous le même cœur, le même sang, le même besoin d'aimer. Avec toute mon affection.*

La mort de Joséphine Baker rendit M. le conservateur maussade. Il renonça à son café crème pour n'engloutir que son croissant au beurre.

De loin, mais avec intérêt, il avait suivi le triste sort des Milandes, sorte d'arche de Noé de Miss Baker promise à la dérive. Un train de vie impossible à tenir, des centaines de mètres carrés de toitures à refaire, les dettes qui s'accumulaient, la course aux cachets pour parer au plus pressé, mais la réalité avait vite repris le dessus. Chaque jour, un huissier se présentait au château pour réclamer son dû. Les Milandes seraient vendues aux enchères. Grandeur, gloire et décadence. Déchéance, même, et surtout plus de soutien, plus d'amis, à l'exception toutefois de Grace Kelly, princesse de Monaco, qui l'invita à se réfugier sur le Rocher afin d'épargner à la chanteuse l'humiliation de l'infortune. L'article concluait : « L'artiste de music-hall s'est éteinte à Paris, victime d'une hémorragie cérébrale. »

Au gris de ce matin d'avril venait s'ajouter la perte d'un être cher. Cantarel n'avait plus très envie d'affronter la pluie. Du reste, combien de bouquinistes s'étaient hasardés à ouvrir leurs boîtes ? Hélène avait raison. Mieux valait, ce matin-là, rester sous l'édredon.

Séraphin Cantarel avait remonté le col en velours souple de son imperméable. Les assauts répétés du vent malmenaient son parapluie. Et Crésus qui lui faisait des signes désespérés de l'autre côté de la chaussée ! Cantarel n'avait jamais connu le nom de ce bouquiniste autrement que par ce sobriquet. Et si c'était son véritable patronyme ?

L'homme faisait plus vieux que son âge, le visage ravagé par une barbe broussailleuse cherchant à dissimuler les traces d'un herpès mal soigné. Crésus avait une voix douce et cristalline, qui contrastait avec son air toujours négligé. On aurait pu le prendre pour un biffin tant son allure était parfois repoussante. Mais son érudition avait raison de l'ingratitude de son physique.

Toujours bien garnie, la boîte de Crésus réservait souvent des surprises ; Séraphin se souvenait avoir dégoté quelques trouvailles parmi un fatras de vieux bouquins.

— Monsieur Cantarel, venez voir ! J'ai débarrassé un grenier, rue Lepic, chez une vieille grelu-che qui prétendait avoir été danseuse au *Moulin-Rouge*. J'sais pas si c'est vrai, mais j'ai trouvé du bel ouvrage, pas piqué. De la belle littérature. Si le cœur vous en dit… Si vous le souhaitez, je peux tenir votre parapluie ?

— Vous êtes bien aimable, répliqua Cantarel en chaussant ses lunettes.

Les nouvelles acquisitions de Crésus reposaient dans une caisse que le bouquiniste avait pris soin de recouvrir d'un film plastique pour éviter toute trace d'humidité. Le libraire souleva la fine toile comme le font les paysans au marché de Lalbenque quand il s'agit de montrer au creux de leur panier d'osier les truffes cavées la veille sous quelques chênes tortueux.

Avec méthode, Séraphin détailla les ouvrages et s'arrêta net sur l'un d'entre eux dont la couverture était à peine ternie par la lumière de Montmartre.

Il s'agissait d'un roman : *Reine de joie, mœurs du demi-monde* d'un certain Victor Joze. Le titre se voulait une provocation, la couverture en était une autre. Sur celle-ci, on y voyait une fille de bordel embrasser goulûment un vieil homme libidineux. Le dessin ne prêtait à aucune équivoque tant sa facture était unique. Il était signé de la main de Toulouse-Lautrec. Du reste, Cantarel connaissait l'affiche qui, en 1892, avait servi d'annonce publicitaire pour la promotion du livre de Joze.

— Je savais que ce roman retiendrait votre attention ! s'exclama Crésus, la mine satisfaite.

Séraphin Cantarel observa l'ouvrage sous toutes ses coutures. Il était, il est vrai, en parfait état de conservation et ne souffrait d'aucune rousseur. La reproduction de Lautrec était d'une facture impeccable et, à l'évidence, il s'agissait de l'édition originale. Le conservateur prit soin de lire à la volée quelques phrases sorties de leur contexte. Un sourire entailla à plusieurs reprises son visage.

— J'avoue que je n'ai pas eu le temps de le lire, mais cela doit être assez, comment dire…

— … croquignolet ! ajouta Cantarel.

— C'est le terme que je cherchais, confirma obséquieusement Crésus.

Le conservateur regarda le prix griffonné au crayon à papier sur la page de garde. Il n'avait rien d'excessif, d'autant que Cantarel connaissait tout ou presque du scandale qui avait entouré la sortie de ce livre.

— Victor Joze est un nom d'emprunt vraisemblablement, supputa le bouquiniste en lissant nerveusement sa barbe.

— Joze, il fallait oser, non ? ironisa Séraphin. En fait, l'auteur de ce roman est Joze Dobrski, un ami de Toulouse-Lautrec. Les deux hommes s'appréciaient et fréquentaient tous deux les bordels de Paris. Quand Dobrski eut terminé son manuscrit qui contait par le menu les frasques dont se repaissaient les habitués des maisons closes, il demanda à son ami Henri de dessiner l'affiche vantant son roman…

Le bouquiniste écoutait son client sans ciller :

— … Le peintre s'exécuta sur-le-champ, dessinant un banquier lubrique avec, à ses côtés, une fille de joie qui n'en veut qu'à son argent et ne rechigne pas à coller ses lèvres sur celles de l'affreux bonhomme au nom d'un commerce toléré et scrupuleusement codifié.

— Je présume que l'affiche a produit l'effet escompté, avança Crésus, l'œil polisson.

— Bien au-delà ! souligna Cantarel avec la même gourmandise. Le caractère sulfureux de cette illustration en disait long sur l'intrigue. Hélène Roland, l'héroïne du roman, tente, au fil des pages, de séduire Olizac, l'archétype de l'arrogant banquier ventripotent, moins par amour, on s'en doute, que par intérêt. À peine l'ouvrage fut-il publié qu'un parfum de scandale entoura l'affiche de Toulouse-Lautrec et bien sûr le roman de Dobrski. En effet, derrière le très suffisant baron de Rosenfeld, le baron de Rothschild crut se reconnaître et tenta de faire interdire par tous les moyens la publication du roman et la diffusion de l'affiche…

— Il y parvint ?

— Pas à ma connaissance !

Et Crésus d'observer de plus près la couverture du roman en argumentant :

— Le peintre d'Albi était un observateur avisé. Son handicap physique autorisait tous les excès de son pinceau fureteur. Regardez, monsieur Cantarel, comme Lautrec se joue de couleurs audacieuses : le rouge et le noir ! Notez la grâce juvénile de la putain face à la laideur repoussante du banquier…

— Vous avez raison, Crésus, c'est peut-être là l'affiche la plus scandaleuse que Toulouse-Lautrec ait jamais signée ! Voyez jusque dans le détail… Ce dessin marque discrètement la naissance de l'Art nouveau : les lettres s'arrondissent, admirez le galbe de la carafe et son bec pointé en direction du sexe de notre vieillard libidineux ! C'est un modèle de lubricité, ajouta le conservateur en savourant sa future acquisition.

— Je savais, monsieur Cantarel, que vous seriez récompensé d'avoir bravé la pluie par un matin pareil !

Le bouquiniste glissa trois Racine dans la poche arrière de son pantalon en velours maculé de taches de graisse avant d'emballer précautionneusement *Reine de joie* dans un large sac à l'effigie des magasins de *La Samaritaine*.

— Promettez-moi, monsieur Cantarel, de me raconter l'histoire par le menu, dimanche prochain ! N'oubliez pas les détails… Je suis sûr qu'ils doivent être très… croustillants !

— Je vous le promets, Crésus ! le rassura le conservateur qui s'abritait déjà sous son parapluie avant de regagner, sans plus tarder, son domicile.

Fort de sa trouvaille un rien canaille, il n'était plus question pour Séraphin de se tremper comme une soupe sur ces quais glissants et venteux où même les vendeurs à la criée de *France-Soir* avaient renoncé à hurler à tue-tête la mort subite de Joséphine Baker.

Il était vraiment temps de retrouver les parquets cirés de l'hôtel particulier du 16 de la rue des Beaux-Arts. À n'en pas douter, sur la chaîne hi-fi, un 33 tours de Chet Baker égrènerait : « *She was too good to me* ». Hélène avait fait du trompettiste américain son idole. Séraphin n'avait jamais su qui du musicien, du chanteur ou de l'homme à la gueule d'ange séduisait le plus celle qui partageait sa vie depuis plus de vingt ans.

Après avoir fréquenté la Sorbonne et fait l'École des chartes, Hélène Prudhomme s'était orientée vers l'archéologie. C'est sur le chantier d'une ancienne villa romaine, dans le Vaucluse, qu'elle avait rencontré Séraphin. Depuis, ils ne s'étaient jamais plus quittés. Leur histoire d'amour paraissait exempte de coups de canif. Hélène et Séraphin s'aimaient comme au premier jour. Jamais Cantarel n'eût cru la chose possible, lui le fils unique qui, son adolescence durant, avait dû essuyer les crises de ménage qui ébranlaient régulièrement l'attelage parental. Un père un peu trop beau, communiste jusqu'au bout des ongles, qui tutoyait et embrassait tout le monde, rentrant toujours très tard sous prétexte que les réunions du parti étaient interminables, voilà qui avait le don d'irriter sa mère. Elle voyait rouge. Ses craintes n'étaient pas infondées. Le père Edmond Cantarel passait pour un militant modèle, mais aussi et surtout pour un coureur de jupons draguant autant la bourgeoise que la prolétaire. Sur le terrain du sexe, et celui-là exclusivement, le camarade Edmond faisait preuve d'un grand œcuménisme. De guerre lasse, Élise Cantarel sombra dans la neurasthénie, puis dans la folie…

Séraphin n'avait jamais songé à tromper Hélène. Sensible à la gent féminine, il savait s'attirer la sympathie de celles qui l'approchaient sous les ors de la rue de Valois, au Louvre ou à Chaillot, moins pour succomber que pour s'affranchir de l'univers masculin peuplant le monde des arts. La stérilité d'Hélène n'avait rien changé à leur bonheur. Ils s'étaient juré fidélité en l'église Saint-Eustache de Paris. Rien ne pourrait bousculer le cours de cette union. Bien sûr, ils avaient songé à adopter un enfant, mais les démarches étaient longues et pas toujours couronnées de succès. Alors le temps avait tué toute velléité de voir un jour un héritier porter le nom de Cantarel. Puis il y avait eu Théo. Un jeune homme de vingt-cinq ans, natif de la Corrèze, et que son amour des vieilles pierres, assorti d'un diplôme en histoire de l'art, avait propulsé dans les bureaux du musée des Monuments français. Par quelle ironie du sort, quel jeu d'influences, Théodore Trélissac s'était-il retrouvé l'adjoint de Séraphin Cantarel ? La réponse importait peu. Toujours est-il qu'entre les deux hommes, en dépit de leur différence d'âge, le courant était vite passé. Une relation complice s'était nouée entre les deux êtres qui n'étaient certes pas faits du même bois, mais appartenaient tous deux au même pays. Entre Quercy et Limousin, il y avait comme un cousinage que l'histoire de France s'était chargée de consolider quand ces provinces étaient menacées par les armées ennemies.

D'un caractère bien trempé et toujours jovial, d'une perspicacité redoutable, d'une beauté qui devait relever du diable, Théodore était le fruit d'un légionnaire, membre du corps expéditionnaire français d'Extrême-Orient, dont la bataille de Diên Biên Phu aurait raison cinq ans après sa naissance. Trélissac était le nom de jeune fille de sa mère, une femme sans malice et un peu trop pieuse qui croyait avoir enfanté comme la Vierge Marie, oubliant un peu vite le plaisir que lui avait procuré à la hussarde ce jeune homme aux yeux clairs qui l'avait couchée dans la paille. C'était un soir de novembre. La nuit était glacée et cloutée d'étoiles. À la TSF, on n'entendait plus que cet air-là : *Ma cabane au Canada est blottie au fond des bois. On y voit des écureuils sur le seuil. Si la porte n'a pas de clé, c'est qu'il n'y a rien à voler...*

Puis le géniteur de Théodore était allé jeter sa semence plus au sud, dans les Cévennes ou en Camargue, abandonnant Simone Trélissac à son triste sort de fille-mère. Se saignant les veines, travaillant aux champs jusqu'à l'épuisement, elle dispensa à son unique fils une éducation digne d'un bourgeois de province. Elle lui offrit des études à Tulle, puis à Limoges, enfin à Paris. Mais son « petit » avait réussi. N'était-ce pas là l'essentiel ? Il travaillait désormais au pied de la tour Eiffel, avait plusieurs fois « touché la main de Georges Pompidou et d'André Malraux ». Aux personnes qui interrogeaient Simone Trélissac sur la fonction de son fils, elle répondait fièrement : « Il est dans les Antiquités ! »

Entre Théodore (que tout le monde finalement se plaisait à appeler Théo) et Séraphin une complicité quasi filiale était née. Hélène, quant à elle, chérissait par-dessus tout ce collaborateur tout en fraîcheur et en spontanéité. Pas insensible à son charme et à son humour, elle aimait son côté « provincial et pied dans la terre glaise ». Aussi Théo avait-il son rond de serviette chez les Cantarel et jouissait de quelques égards et privilèges que la vie lui avait jusqu'alors refusés.

Séraphin et Hélène voyaient dans ce garçon qui gasconnait quand il parlait de son Limousin un cadeau de la providence. Du coup, Cantarel, qui n'avait jamais été économe de son savoir, abreuvait son jeune adjoint d'ouvrages, de notices et parfois même de cadeaux. Bref, depuis deux années déjà, Hélène et Séraphin n'envisageaient pas la vie sans une pensée quotidienne pour le ténébreux Théo. Et dire qu'un jour, il leur échapperait…

— Beau comme il est, il ne tardera pas à se marier ! répétait-elle tant et plus.

Quand Séraphin frappa à la porte – il n'avait jamais les clefs de son domicile sur lui –, Hélène ne fut pas mécontente de voir son mari, la mine réjouie, son parapluie dégoulinant chevillé à son bras gauche.

— Enfin, tu t'es décidé à rentrer plus tôt ! Avec un temps de la sorte, il n'y a que toi pour faire le barbeau sur les trottoirs ! Entre vite et essuie tes pieds, je te prie, sur le paillasson ! Ah, avant que je n'oublie : Théo vient de téléphoner… Deux Toulouse-Lautrec ont disparu, la nuit dernière, du palais de la Berbie à Albi. Il faut que tu le rappelles à tout prix !…

Comme à chaque contrariété, Séraphin Cantarel se mordilla la lèvre inférieure avant de marmonner :

— Décidément, ce galapiat de Lautrec n'arrête pas de faire des siennes !

— Que dis-tu, mon chéri ?

— Rien, rien, Hélène… Peux-tu me faire du café, s'il te plaît ?

1

Quel Dieu pyromane avait mis le feu au vieil Albi pour que la cathédrale Sainte-Cécile ne soit plus qu'un gigantesque brasier ? À plusieurs reprises, Séraphin Cantarel se frotta les paupières avant de rajuster, avec un rien de préciosité, ses lunettes cerclées d'or. Cet éblouissement subit irritait les pupilles de ses yeux trop clairs. Un ciel azuréen, lavé de tout nuage, étirait ce large vaisseau de briques narguant depuis plus de cinq siècles les eaux toujours boueuses du Tarn.

Le conservateur en avait oublié les dimensions titanesques de la plus grande cathédrale d'Europe. L'anarchie des voitures qui s'agglutinaient au chevet de l'édifice religieux confronta soudain Séraphin à une réalité toute prosaïque. « L'affaire » faisait déjà la une de tous les journaux, à commencer par *La Dépêche du Midi* qui titrait sur trois colonnes :

DEUX TOULOUSE-LAUTREC ONT PRIS LA CLEF DES CHAMPS !

L'entrée du palais de la Berbie était « exceptionnellement fermée au public » indiquait un écriteau rédigé d'une écriture scolaire.

Deux gendarmes en faction interdisaient l'accès au musée Toulouse-Lautrec. Cantarel dut décliner son identité pour forcer ce barrage où s'entassaient pêle-mêle badauds, journalistes, élus et officiers de police.

C'est alors que Jean Dorléac se précipita à sa rencontre. C'était un homme à l'allure franche et déterminée, aux yeux de velours et à la poignée de main généreuse. Il affichait la mine de circonstance, l'air atterré et profondément troublé par ce coup dur.

Dorléac avait été promu, depuis longtemps déjà, conservateur du musée Toulouse-Lautrec au regard de sa grande culture et de son dévouement, au sein de la municipalité d'Albi, pour la reconnaissance du palais de la Berbie au rang de plus important musée de tout le Sud-Ouest. Journaliste de métier, doté d'une belle plume et d'une indéniable sensibilité artistique, il ne tirait aucun appointement de ce titre honorifique, « sinon des emmerdements », disait-il avec son franc-parler.

Ce jour d'avril, les « emmerdements » étaient de taille. Il sortit un mouchoir de sa poche et s'épongea le front comme si, depuis la découverte du cambriolage, il appréhendait chaque heure un peu plus l'importance des œuvres « envolées ».

Le Tarnais ne portait pas de cravate mais un foulard de soie soigneusement glissé entre les deux pans de sa chemise bleu ciel. Un pantalon de toile blanche surmonté d'un blazer bleu marine suffisait à le rendre sobre mais élégant.

— Monsieur le conservateur en chef… dit-il révérencieusement en accueillant Séraphin – qui se dandinait sous le poids de sa sacoche au point d'évoquer un pied-bot.

— J'aurais préféré venir à Albi en d'autres circonstances, répliqua Cantarel en posant sa main gauche sur l'avant-bras de Dorléac. Et dire que j'avais prévu d'être parmi vous pour votre fameuse exposition Monet !

Séraphin retrouvait ses intonations d'homme du Sud-Ouest, celles du provincial « monté à Paris » et toujours prêt à « redescendre » sur ses terres occitanes. Il avait en effet fortement encouragé l'exposition qui devait avoir lieu quelques semaines plus tard pour marquer le centenaire de l'impressionnisme. Toutes les meilleures toiles de Claude Monet, issues pour la plupart du musée Marmottan de Paris, devaient migrer à Albi. Du coup, le vol des deux Lautrec jetait le discrédit sur l'inviolabilité du palais de la Berbie.

— Quelle sale affaire ! objecta le conservateur local.

— Je ne vous le fais pas dire, répliqua Cantarel en pressant le pas.

Il lui tardait de retrouver la fraîcheur du musée albigeois. Il en connaissait les murs épais, l'agencement des salles, les éclairages approximatifs, l'affreuse toile de jute qui ornait les cimaises…

Cette forteresse de brique, massive et altière à la fois, affichait fièrement ses sept siècles d'existence. Résidence attitrée de l'évêque d'Albi, les prélats qui s'y étaient succédé n'avaient eu de cesse de l'agrandir à l'image de leur autorité séculaire. Il avait fallu attendre le XVIe siècle pour que la Renaissance gomme quelque peu son caractère austère. C'est à cette époque que furent percées des fenêtres à meneaux et que des poivrières ornèrent les hauteurs du palais épiscopal. Un jardin suspendu fut aménagé au-dessus des eaux du Tarn que l'on agrémenta de quelques statues de divinités romaines. Albi voulait alors ressembler à l'Italie, l'incandescence de la brique au couchant, les peupliers florentins au bord de la rivière, tout plaidait en ce sens.

Dorléac conduisit illico Séraphin sur les lieux du délit. Cantarel ne s'était toujours pas défait de sa lourde serviette. Des policiers en cravate de laine tentaient de relever, çà et là, quelques maigres indices. Un gardien faisait les cent pas, prêt à manger sa casquette. Un silence sépulcral habitait le musée hanté soudain par des visiteurs tatillons venus inspecter la vulnérabilité de cette prétendue forteresse. Dans la première salle, deux rectangles laiteux indiquaient les contours des œuvres volées.

— Il s'agit là du premier autoportrait de Lautrec, celui qu'il a réalisé en 1882 ou 1883, en se peignant à partir du miroir de son salon, expliqua Dorléac.

— J'ai parfaitement en tête, cher ami, le tableau, renchérit Cantarel en fermant les yeux. Le jeune Lautrec est presque beau, chemise blanche à col cassé, cravate dénouée, regard sombre et lourd... Il a à peine dix-huit ans, s'apprête à quitter le château du Bosc pour conquérir Paris... Une œuvre majeure, ajouta Séraphin d'un ton docte.

— Il est vrai que, sur cette toile, on ne peut soupçonner le handicap de Lautrec, souligna Dorléac.

— Le second tableau, m'avez-vous dit, est le « garçon de Céleyran » ? Mais duquel s'agit-il, car Toulouse-Lautrec a fait plusieurs études de ce garçon de ferme, un certain Routy, n'est-ce pas ?

— Il s'agit du tableau le plus abouti qu'ait signé notre peintre de ce valet de ferme qui travaillait sur la propriété de Céleyran quand le petit Henri y séjournait pendant les vacances... Toulouse-Lautrec a fait plusieurs dessins avant de terminer la toile où l'on voit le jeune homme, l'air absorbé, en train de tailler un bout de bois entre ses jambes écartées.

— Comment et par où sont passés nos monte-en-l'air ? demanda Séraphin, prenant la pleine mesure de l'importance des toiles dérobées.

— Suivez-moi ! indiqua Dorléac qui ne cessait de s'éponger le front.

Les deux hommes quittèrent la salle, descendirent quelques marches et se retrouvèrent face à une fenêtre en verre dépoli dont un des carreaux avait été fracassé.

D'un geste sec, Séraphin ouvrit les deux battants de la fenêtre et jeta un œil dans le vide. Une échelle en fer à crémaillère demeurait l'unique pièce à conviction du fric-frac.

— Comment est-ce Dieu possible ? s'emporta Cantarel. Il a suffi que des individus s'introduisent nuitamment dans les jardins du palais, adossent une échelle, cassent un carreau pour pénétrer dans le musée et dérober deux toiles capitales ! L'accès au jardin n'est-il pas protégé la nuit ? N'y a-t-il pas de ronde ?

— Bien sûr que si, monsieur le conservateur !

— Et cette échelle ? Elle n'est pas venue ici toute seule ?

— Il s'avère que…

— Que ?

— C'est celle du jardinier en charge de l'entretien du palais. Un employé de la mairie dont je me porte garant.

— Ne vous justifiez pas, Dorléac ! Avouez que ce musée a su trouver sa place dans une ancienne forteresse, mais on peut, sans forcer et sans grand génie, y entrer comme dans un moulin !

— L'échelle était cadenassée dans la cabane que vous voyez là-bas. Les voleurs ont, semble-t-il, sectionné la chaîne…

— Classique ! marmonna Séraphin. Et l'alarme, monsieur Dorléac ? Pouvez-vous me dire pourquoi le système de protection ne s'est pas déclenché ?

— Je l'ignore, monsieur Cantarel.

Une voix s'interposa entre les deux hommes.

— L'alarme ne pouvait pas se déclencher, elle était débranchée !

Séraphin Cantarel se retourna et découvrit un personnage taillé comme un chêne avec d'épaisses lunettes rectangulaires posées sur l'arête du nez. L'individu n'avait rien de sympathique, même si un épais sourire entaillait sa bouille de boucher-charcutier.

— Commissaire Coustot. Fernand Coustot de la PJ de Toulouse.

— Bonjour, commissaire ! répliqua Cantarel, prêt à offrir une poignée de main enthousiaste au policier de la Ville rose. Je me présente…

— Inutile, monsieur Cantarel, je connais vos états de service. C'est vous l'expert, l'homme de l'art, n'est-ce pas ?

— Ne comptez pas sur moi pour en rougir ! Dites-moi, commissaire, vous êtes en train de m'expliquer que le système d'alarme a été neutralisé par les cambrioleurs ?

— Pas du tout. Il n'était tout simplement pas enclenché.

— Comment justifier un tel manquement, monsieur Dorléac ? demanda Séraphin.

— Je ne me l'explique pas. C'est le concierge qui, à la fermeture du musée, le met en marche. Le veilleur de nuit doit, dans ses attributions, s'assurer que les détecteurs sont en service.

— Avez-vous interrogé, commissaire, le veilleur en question ?

— Il est introuvable. Personne ne répond à son domicile, objecta Coustot.

— Je présume que vous le connaissez bien, monsieur Dorléac ? questionna Cantarel.

— Oui, c'est un homme sans histoire, un vieux célibataire, plutôt érudit, dont la seule infirmité est sa surdité.

— Avouez que ce handicap est plutôt rédhibitoire pour un gardien de nuit, ironisa Séraphin.

— Sa surdité n'est pas totale, tempéra Dorléac. Vous n'êtes pas sans savoir, monsieur Cantarel, que les gardiens de musée, comme naguère les gardiens de phare, sont recrutés, depuis les dispositions prises au lendemain de la guerre de 14-18, parmi les impotents de la Nation. À une époque, les culs-de-jatte peuplaient bien les phares de pleine mer !

— Ce n'est pas faux ! acquiesça Séraphin.

Le commissaire Coustot assistait à l'échange sans moufter.

— Toujours est-il que son témoignage sera précieux, poursuivit Cantarel qui tentait d'appréhender le trajet des voleurs depuis la fenêtre jusqu'à la salle d'exposition où les toiles avaient été décrochées. À quelle heure prend-il son service ?

— Ce soir, à 22 heures ! répliqua Dorléac qui ne semblait que moyennement apprécier le silence sentencieux du policier.

— Quel est son nom ? insista Séraphin.

La réponse vint du commissaire Coustot :

— Paul Dupuy. Quarante-huit ans, sans enfant, célibataire en effet. Et pour cause !

Séraphin singea l'étonnement.

— On lui prête des mœurs spéciales… ajouta Coustot qui sortit un paquet de Gitanes de sa poche, tapota dessus pour en extraire une cigarette qu'il tendit sans autre forme de politesse au conservateur parisien.

— Merci, commissaire. Je ne fume pas, sauf occasionnellement le cigare ! Mais que voulez-vous dire par mœurs…

— Plutôt du genre travelo ! répondit Coustot en grillant l'extrémité de sa Gitane avec un de ces nouveaux briquets inventés par la marque Bic.

— Dans l'exercice de ses fonctions, il a toujours été irréprochable, crut bon de préciser Jean Dorléac.

— Je n'en doute pas, cher ami. Mais avouez qu'il y a là deux faits troublants : une alarme désactivée, et des voleurs qui grimpent le long de la façade du palais sans être inquiétés le moins du monde à l'aide d'une échelle volée dans le cagibi du jardinier. La thèse d'une complicité interne n'est donc pas à exclure ! Qu'en pensez-vous, commissaire ? demanda Séraphin.

— Je ne pense rien. Personne, ici, n'est au-dessus de tout soupçon, lâcha Coustot sur un ton désabusé.

— Je ne suis pas sûr que nous ayons affaire à un gang très organisé, objecta Cantarel.

— Je n'exclus rien, riposta l'enquêteur en postillonnant, juste pour éliminer les particules de tabac collées à sa lèvre inférieure.

— Avez-vous interrogé le concierge, monsieur Labatut ? demanda Séraphin.

— Justement, il porte bien son nom. Il est couché au fond de son lit avec une crise de goutte. Il m'a fait savoir par sa femme qu'il n'avait rien vu ni entendu d'anormal dans la nuit de samedi à dimanche, fit remarquer Jean Dorléac.

— Je crains que cette explication ne satisfasse personne, persifla Séraphin qui s'était enfin résolu à poser sa serviette sur un banc en chêne massif.

Coustot se retira du jeu sans rien dire, abandonnant les conservateurs à leur perplexité.

Sur les murs des différentes salles d'exposition, Yvette Guilbert, la Goulue, Jane Avril affichaient leurs profils narquois, insensibles à la tension qui animait soudain le vieux musée.

Au pinceau et à la poudre blanche, un policier tentait patiemment de relever les empreintes digitales déposées sur la rampe, celle-là même qui courait dans l'escalier donnant accès à la fenêtre par laquelle s'étaient évanouies les deux œuvres du jeune Lautrec. Sa quête semblait maigre, les indices rares.

Muets, Cantarel et Dorléac assistaient médusés à ce travail de bénédictin.

— Voulez-vous déposer votre cartable dans mon bureau ? proposa Dorléac. Il sera plus en sécurité.

— Vous en conviendrez, c'est un mot qui ne signifie pas grand-chose ici, répliqua Cantarel d'humeur maussade.

— Vous me voyez complètement navré de cette situation.

— Allons donc dans votre bureau ! coupa net Séraphin qui n'entendait pas accabler davantage son collègue, conscient des quelques « négligences » à l'origine du « regrettable et inestimable préjudice ». L'expression était dans tous les journaux du matin.

Une vaste pièce, au dernier étage du musée, avec vue sur le Tarn, abritait le « Bureau de M. le conservateur » comme l'indiquait une plaque en cuivre apposée sur la porte. Au milieu de cet espace qui sentait l'encaustique trônait une grande table en chêne sur laquelle rampait une tortue de bronze. Le bureau était très ordonné. Un sous-main et quelques chemises en toile noire occupaient la table de travail. D'une timbale en étain s'échappait un bouquet de crayons à papier et de stylos en nacre. Sur les étagères s'entassaient des montagnes d'ouvrages d'art, consacrés à la peinture essentiellement, mais aussi au jazz. M. Dorléac ne jurait que par Billie Holiday et Miles Davis.

Sur un coin de table, la maquette d'un cabriolet Panhard, Dyna 57, d'un beau mauve lilas, attestait la passion de « M. le conservateur » pour les belles voitures.

En d'autres circonstances, Séraphin Cantarel n'aurait pas manqué d'évoquer avec lui leur faiblesse coupable pour ces décapotables de rêve.

Curieusement, aux murs, pas le moindre dessin du peintre des bordels parisiens, pas même une esquisse. Seuls un paysage de Provence et une huile sur bois représentant la cathédrale d'Albi signée d'Édouard Julien, le prédécesseur de Jean Dorléac, ornaient de façon sommaire ce bureau où l'on avait pris soin de remplacer le vieux téléphone en bakélite par un combiné plus moderne, totalement anachronique dans ce décor suranné.

Séraphin se cala dans l'un des deux fauteuils Louis XIII qui faisaient face au bureau du conservateur.

— Avez-vous, cher ami, les photos des œuvres volées pour que nous les remettions au commissaire Coustot afin d'alerter la police des frontières ? Des toiles de cette importance ne peuvent pas être revendues sur le sol français ! Demain, elles seront peut-être à New York ou à Amsterdam…

— Assurément, se contenta de souligner Dorléac qui décrocha son téléphone pour appeler Denise Combarieu, sa très dévouée secrétaire.

Aussitôt apparut dans l'encadrement de la porte une femme sans âge, vêtue d'un tailleur noir, strict et de belle facture. Un chignon trilobé allongeait son visage sur lequel les traces de fard avaient du mal à masquer une cinquantaine bien engagée. Un collier de perles fines renforçait cette impression de héron au long cou. Mlle Combarieu était l'archétype de la vieille fille qui avait négligé sa propre existence pour mieux servir « son » Lautrec. Rien de la vie du peintre ou de son œuvre ne lui était étranger. Déjà, au bout de ses doigts aux ongles peints, pendaient différents clichés noir et blanc et couleurs des toiles dérobées. Elle tremblait comme une feuille quand elle les présenta à Séraphin Cantarel :

— Quelle perte, monsieur le conservateur ! Ce sont véritablement les deux premières toiles qui attestent de la vocation précoce de M. de Lautrec…

Denise Combarieu parlait du peintre comme s'il était encore de ce monde, comme si dans une autre vie elle avait été au service de cette vieille famille aristocratique écartelée entre le Tarn, l'Aveyron, l'Aude et la Gironde. Il y avait des sanglots étouffés dans sa voix, une blessure peut-être.

Cantarel, lui-même, était ému par ce dévouement à l'excès. La vieille fille reprit ses esprits pour demander à Séraphin quelle tournure devaient prendre les événements :

— Je ne cesse, monsieur le conservateur, de recevoir des coups de fil de partout pour savoir quand le musée sera à nouveau ouvert au public. Que dois-je leur répondre ?

— Mercredi au plus tard, à moins que Coustot ne nous mette des bâtons dans les roues, indiqua Cantarel en cherchant dans les yeux de Dorléac une approbation à sa propre suggestion.

— Juste le temps de revoir l'accrochage de quelques toiles et d'éclaircir cette histoire d'alarme…

— Bien, monsieur, dit la secrétaire en tournant discrètement les talons.

Dans la minute qui suivit, le téléphone gris vibra sur le bureau de Dorléac, la voix de Mlle Combarieu résonna dans l'écouteur :

— Un certain M. Trélissac pour M. Cantarel. Je vous le passe ?

Le conservateur en titre tendit aussitôt l'appareil à son supérieur en gardant la main sur le micro du téléphone.

— Oui, Théo, je vous écoute.

Séraphin confia à son collaborateur les minces éléments dont il disposait. Manifestement, ce vol mettait en lumière les carences du système de sécurité et le caractère « perméable » du musée. À un mois et demi de l'exposition Monet, des mesures s'imposaient de toute urgence, quelques crédits seraient nécessaires. Quant à l'enquête, aucune piste n'était écartée, surtout pas celle d'une éventuelle complicité parmi le personnel du musée.

— Patron, vous avez besoin de moi sur place ?

— On ne sera pas trop de deux pour épauler notre ami Dorléac. Sautez dans le premier train, Théo. Je viendrai vous chercher à la gare. Informez simplement Mlle Combarieu, la secrétaire du musée, de votre heure d'arrivée. Je vous attends, mon grand ! Dans le train, un conseil : prenez la peine de réviser vos classiques sur Lautrec. Sa vie, son œuvre !

En raccrochant, Séraphin Cantarel eut l'intuition que son assistant avait déjà bouclé sa valise et parcouru tout l'inventaire des dessins, affiches et peintures du facétieux et très génial Henri. Théodore était vraiment un garçon épatant.

Dans le bureau de Jean Dorléac, les coups de fil se succédèrent. Il eut d'abord Laurent Mathieu, le maire de la ville, qui trouvait que cette affaire était « une mauvaise publicité pour Albi », puis le sénateur du coin à l'accent rocailleux, enfin Maurice Charbonnières, photographe et correspondant de presse, ami personnel du conservateur, venu à la pêche aux informations. Denise Combarieu avait beau filtrer les appels, ces interlocuteurs se prétendaient influents et voulaient avoir Dorléac « personnellement ».

Pendant ce temps, Cantarel s'était échappé de son fauteuil Louis XIII pour contempler les eaux du Tarn. Terreuses, tourbillonnantes et sombres, elles n'avaient rien de très engageant. Du reste, rien n'était clair dans ce pays, pas même le ciel qui, du bleu outrancier du matin, était en train de virer à l'anthracite.

Séraphin en profita pour examiner la maquette du catalogue de l'exposition *Monet à Albi* qui devait être mis sous presse sans délai chez Attinger à Neuchâtel. L'imprimeur suisse la réclamait avec insistance depuis plusieurs jours, mais Dorléac voulait relire, une dernière fois, les textes. Comme tout homme de plume, il n'était jamais satisfait de ses écrits…

Soudain, on tambourina énergiquement à la porte.

— Entrez ! dit Séraphin alors que Dorléac était toujours suspendu au téléphone.

Surgit alors dans la pièce Fernand Coustot, une Gitane pendue à la lippe.

— Puis-je utiliser votre ligne ? J'ai besoin de renfort.

— Que se passe-t-il ? demanda Cantarel, inquiet de la précipitation du commissaire toulousain qui paraissait aussi essoufflé qu'excité.

Alertée par le chahut du commissaire dont la voix portait haut, Denise Combarieu tendait, immobile, une oreille d'épervier aux aguets.

— On vient de découvrir le corps de René Labatut suspendu à une corde dans les réserves du musée.

— Pendu ? insista Dorléac, incrédule.

— Oui, pendu ! confirma Coustot.

La dévouée secrétaire laissa échapper un « Oh, mon Dieu ! » qui exprimait la surprise générale.

— Ce malheureux M. Labatut, le plus honnête homme qui soit ! souligna la vieille fille effondrée.

— Et sa femme ? demanda Jean Dorléac.

— Elle n'est pas encore au courant ! précisa le policier en s'emparant du combiné téléphonique. « Vous permettez ?...

Dans un épais silence, chacun resta suspendu au bruit du cadran téléphonique manié par l'index boudiné de Coustot.

— Coustot à l'appareil ! Envoyez-moi Terrancle et Delmas en renfort. L'affaire se corse, il y a déjà un cadavre dans le placard. On vient de retrouver le concierge du musée pendu dans les caves... Prévenez le médecin légiste de service. Grouillez-vous, les gars !...

Le commissaire Coustot raccrocha sans autre forme de politesse.

— Le musée doit rester fermé jusqu'à nouvel ordre ! Je préférerais que cette décision soit signée de votre main, monsieur Cantarel, ajouta-t-il.

— La décision appartient à l'autorité de tutelle. J'appelle le directeur de cabinet de Michel Guy[1], commissaire !

— Dites aussi au ministre que les services d'Interpol viennent d'être prévenus du vol des deux œuvres.

Une nouvelle fois, Dorléac extirpa de son pantalon de flanelle un mouchoir de coton avec lequel il s'épongea le front. Voilà qu'à présent il devait jouer

1. Michel Guy fut secrétaire d'État à la Culture dans le premier gouvernement Chirac (1974-1976) sous la présidence de Georges Pompidou. (*N.d.A.*)

auprès de Mme Labatut l'oiseau de mauvais augure, c'était au-dessus de ses forces.

Le temps virait à la pluie. Un escadron de nuages noirs, porteurs de giboulées, assombrissait l'horizon et plus encore le bureau résolument sinistre du conservateur.

— Décidément, la guigne me poursuit ! marmonna Jean Dorléac en se penchant à la fenêtre.

Déjà la marquise de la loge du concierge résonnait des premiers grêlons.

2

La DS bleu nuit de Dorléac s'immobilisa devant la gare d'Albi-Ville. Pour un peu, Cantarel aurait manqué l'arrivée de Théo sur le quai. Il n'était pas très loin de minuit et la soirée avait été plutôt agitée. Le gardien Paul Dupuy ne s'était pas présenté au service de nuit, ce qui n'était pas dans ses habitudes, lui dont la ponctualité était aussi légendaire que sa surdité. Il avait donc fallu le remplacer au pied levé par un employé de la mairie, un dénommé Lazaret qui avait dû endosser à la va-vite un costume de gardien un peu trop large.

Réquisitionné sur ordre du maire, l'intéressé n'avait pas eu son mot à dire. Flirtant avec la quarantaine, d'allure chétive et la démarche nonchalante, Simon Lazaret était plutôt du genre poltron et... superstitieux.

Le cambriolage du musée, le suicide de son concierge, la disparition inexpliquée de Dupuy, cet enchaînement de faits divers pour le moins troublants n'était pas de nature à l'enhardir. C'est Dorléac en personne qui avait dû lui expliquer le fonctionnement du système d'alarme et qui lui avait remis en main propre la lampe torche avec laquelle il devait fouiller les entrailles nocturnes du musée.

— Bien, monsieur le conservateur, se contentait-il de répéter à chaque recommandation de Dorléac.

— Vous n'avez pas à vous inquiéter, Lazaret, des gendarmes patrouilleront cette nuit aux abords du musée !

À peine rassuré, le gardien inspecta une nouvelle fois les salles en compagnie de Dorléac et de son homologue parisien qui ne pipait mot.

— Je peux vous poser une question, monsieur le conservateur ?

— Allez-y, Lazaret, je vous écoute…

— On dit à Albi que parfois le fantôme de Toulouse-Lautrec s'invite au musée et qu'on l'entend claudiquer sur les parquets…

— Qui vous a raconté cela ? demanda Jean Dorléac, interloqué.

— Ma grand-mère Lucie, dont la tante avait été longtemps servante chez les Lautrec.

— Tout cela, ce sont des sornettes, mon pauvre Simon ! Vous n'allez tout de même pas croire à ces fadaises.

— C'est vous qui le dites, répliqua l'employé municipal rétif.

À présent, Lazaret ne savait que faire de sa casquette trop large pour son tour de tête et de cette lampe électrique dont le faisceau lumineux dessinait d'étranges ombres chinoises sur les cimaises du musée.

À espaces réguliers, Séraphin Cantarel regardait sa Jaeger-LeCoultre – un cadeau d'Hélène lors de sa promotion au rang de conservateur en chef du musée des Monuments français. C'était sûr, Théodore Trélissac devrait faire le pied de grue sur le quai de la gare d'Albi. Comment cet abruti de Lazaret pouvait-il être habité par autant de sortilèges malfaisants ?

Le provincial de cœur qu'il était, même si Paris l'avait consacré, savait pertinemment que, dans les campagnes, les superstitions et les croyances sont tenaces. Une célèbre série télévisée avait, dans les années 1960, accrédité l'idée saugrenue que chaque musée était hanté par son Belphégor. Pourquoi diable le palais de la Berbie ferait-il exception à la règle ? D'autant que cet estropié de Lautrec, ce nain difforme, était voué aux enfers, lui qui avait passé sa vie à traîner dans les bordels de Paris…

— Je ne voudrais pas insister, monsieur Dorléac, mais le train de mon assistant arrive en gare d'Albi à 23 h 53, si vous préférez, je peux très bien prendre un taxi !

— N'ayez crainte, monsieur Cantarel, le train du soir de Toulouse est régulièrement en retard.

— Je reconnais bien en vous l'ancien journaliste, celui qui n'évoque que les trains n'arrivant pas à l'heure !

— Votre Théo a pris le Capitole, n'est-ce pas ? Or le Toulouse-Albi doit assurer la correspondance et, la plupart du temps, le train de Paris accuse du retard entre Limoges et Brive…

— C'est le pays de Trélissac, ne dites pas de mal de son Limousin, sinon…

Lazaret avait fini par prendre son courage, sinon à deux mains, tout au moins avec la résignation du fonctionnaire en mission commandée. Dorléac et Cantarel quittèrent enfin le musée alors qu'un croissant de lune caressait les clochetons de la cathédrale Sainte-Cécile.

À la conciergerie du musée, de la lumière perçait entre les rideaux. La veillée funèbre de René Labatut devait regrouper autour de la dépouille du suicidé une famille décousue, avec deux fils oisifs et fauchés dont le père lui-même disait, à la façon de Pagnol, qu'ils n'étaient pas des « bons à rien mais des mauvais en tout » !

En passant devant la loge du concierge, Séraphin prit la peine d'ôter son feutre en signe de respect à l'égard du défunt. Dorléac, lui, se contenta de baisser le ton de sa voix en faisant mine de chercher les clefs de sa Citroën blotties au fond de sa poche.

Théo bondit de la voiture de seconde classe avec une moue boudeuse déposée sur ses lèvres. Il se savait attendu et cherchait sur le quai la silhouette endimanchée de son vénérable patron. Ses cheveux bouclés, sa chemise échancrée, son jean délavé, ses tennis usées lui conféraient une allure d'éternel adolescent refusant obstinément de devenir un homme. Sur son épaule, il trimbalait son sac de sport Adidas dans lequel il avait dû jeter à la hâte quelques polos, trois caleçons et son nécessaire de toilette, sans compter tout ce qu'il avait pu récupérer de bouquins à la bibliothèque de Chaillot sur le peintre des caf'conc' et des maisons closes.

À la vue de son collaborateur qui avançait d'un pas décidé, Séraphin agita son bras droit.

— Bonsoir, patron !

— Vous avez fait bon voyage, Théo ?

— Il faisait une chaleur dans cette bétaillère ! Jusqu'à Toulouse, c'était encore supportable, mais dans ce tortillard, c'était l'enfer, je vous jure, monsieur !

— Dans un quart d'heure, vous serez à l'hôtel, vous aurez alors droit à une bonne douche… Venez vite, que je vous présente Jean Dorléac, le conservateur de la Berbie, la forteresse d'Albi la plus prenable qui soit ! ironisa Cantarel.

— Bonsoir, jeune homme, ajouta Dorléac pour faire diversion. J'en suis sûr, il vous tardait d'arriver, les trains du Midi ne sont guère confortables.

— Comme vous y allez, cher ami, s'interposa Cantarel. La voiture-restaurant du Capitole vaut bien des brasseries parisiennes ! On y mange avec des couverts en argent. On y boit un cahors excellent, le magret est cuit à point… et les cèpes y sont persillés comme il faut. Que demande le peuple ?

— Sauf votre respect, patron, je voyage en seconde classe et j'ai dû modestement me contenter d'un sandwich jambon-beurre, si vous voyez ce que je veux dire…

— Oh, mon pauvre Théo, vous mourez de faim ! À cette heure-ci, je présume que, sur la place du Vigan, nous serons bien en peine de trouver une table digne de votre appétit, n'est-ce pas, Dorléac ?

— Si le cœur vous en dit, allons chez moi ! Il y a toujours un foie gras et un gaillac au frais. À cette heure-ci, ma femme doit être déjà couchée, mais il n'est pas interdit de ripailler entre hommes, qu'en pensez-vous, messieurs ?

Le sourire de Théo valait toutes les approbations. Cantarel n'avait qu'à s'incliner. Ils se rendirent donc dans l'appartement cossu des Dorléac, rue Saint-Julien.

Les murs étaient couverts de cadres, beaucoup de peintures d'Henri Gourc, médecin albigeois au pinceau très inspiré, mais aussi des toiles d'Édouard Julien ou encore de Jules Cavaillès. Cantarel crut reconnaître un Bonnard, mais se ravisa discrètement…

En épicurien qu'il savait être aussi, Jean Dorléac ouvrit un gaillac de chez Robert Plageoles. Un bijou du genre que Théodore engloutit comme du petit-lait. Cantarel l'imita en y mettant les formes, dissertant sur le mauzac, le loin-de-l'œil, l'ondenc ou encore le verdanel, autant de cépages qui caractérisent les vins blancs de Gaillac.

Le Paris-Albi n'était plus qu'un vague souvenir pour Théo qui vint facilement à bout du foie gras de Mme Dorléac. En guise de dessert, le conservateur ouvrit un bocal de mirabelles qui baignaient dans un jus de sucre de nature à adoucir le palais des deux convives. La fringale du jeune assistant faisait plaisir à voir. Jean Dorléac n'hésita pas à ouvrir une seconde bouteille de gaillac pour régaler ses hôtes improvisés. Le vin, c'est bien connu, déliait les langues. Et l'Albigeois de raconter les frasques d'Alphonse de Toulouse-Lautrec, le père du peintre, homme extravagant et volage qui prenait du plaisir à se singulariser tant à Paris que sur ses terres d'Oc :

— Un jour d'été, le comte Alphonse renonce à la torpeur de la capitale pour rejoindre sa maison d'Albi qu'il partage avec son frère Charles. Vêtu d'un bel habit sombre qui sangle sa silhouette de dandy, l'aristocrate rejoint la toute nouvelle gare d'Orsay inaugurée lors de l'Exposition universelle de 1900. Il fait charger ses malles dans le fourgon à bagages et prend aussitôt ses aises dans un des compartiments de première classe. Il s'installe avec ses animaux…

— Ses animaux ? s'étonna Théo.

— Oui, jeune homme ! Le comte de Lautrec ne se déplaçait jamais sans son cormoran pour la pêche et son grand duc pour la chasse.

— Ce devait être un sacré excentrique ! renchérit Cantarel qui l'écoutait avec un plaisir non dissimulé, entrecoupé de gorgées de gaillac.

— Imaginez, mes amis, qu'en ces temps-là, les voyages en train étaient sacrément longs !

— Ils le sont toujours ! objecta Théo.

— Oui, mais cette fois, le temps était caniculaire. Dans les compartiments, la chaleur était suffocante. Le comte décide alors d'enlever son gilet, dénoue sa cravate puis déboutonne sa chemise avant de se retrouver torse nu sur la banquette en molesquine de la très honorable Compagnie des chemins de fer du Midi. Sa belle musculature en séduit plus d'une. Mais Alphonse de Toulouse-Lautrec n'arrête pas là son effeuillage. Voilà qu'à présent, il ôte carrément son pantalon et se retrouve en caleçon de soie. Le contrôleur lui fait aussitôt remarquer son indécence, néanmoins l'aristocrate l'ignore de toute sa superbe… Dans son excentricité, le comte pousse l'outrage jusqu'à suspendre ses vêtements à la poignée extérieure du wagon, histoire prétendument de « les rafraîchir », mais la vitesse du train, à moins que ce ne soit le vent, fait vite s'envoler les vêtements de M. le comte !...

— Vous voulez dire qu'il s'est retrouvé à moitié à poil dans le train ? résuma Théo, hilare.

— Je ne vous le fais pas dire !

— J'imagine la tête de la famille venue l'accueillir en gare d'Albi ! se gaussa Séraphin.

— Précisément, sur le quai de la gare, c'était son frère cadet, Charles, du style collet monté et chapeau melon, qui l'attendait avec sa jardinière et son dévoué valet. Le premier était rouge de honte, le second riait dans sa barbe. Pas besoin de vous faire un dessin ! Et voilà que le comte de Toulouse-

Lautrec descend en caleçon de la voiture de première classe, la hotte de son cormoran arrimée sur son dos, tenant à sa main droite la cage en osier du grand duc.

— Je vois le genre ! s'amusa Théodore.

Jean Dorléac poursuivit son récit :

— Considérant d'un œil circonspect la vieille jument tractant la jardinière censée transporter ses malles, le comte Alphonse, n'étant pas à un scandale près, s'exclama : « Je préfère rentrer à la maison à pied plutôt que de me laisser traîner par une rosse pareille ! » Après maintes palabres, Charles finit par ramener son frère à la raison. Il lui jeta un veston sur ses épaules nues, le convainquit de s'asseoir sur la banquette de l'attelage et, ainsi, les frères Lautrec purent regagner leur hôtel particulier, non loin des anciens remparts de la ville. Le lendemain, dans tout Albi, il n'était plus question que de la dernière folie du comte Alphonse qui, non content de tromper sans scrupules sa femme Adèle, s'affichait nu, ou presque, dans la préfecture du Tarn. Décidément, ces sang-bleu ne savaient plus se tenir !

Dorléac était un conteur-né. Il avait le sens du verbe, de l'anecdote, du détail. Cantarel n'avait rien lu de ses écrits journalistiques, si ce n'est ses textes hagiographiques concernant tel ou tel peintre qui avait eu les honneurs du musée Toulouse-Lautrec. Il prêtait à cet élu de la ville un talent de romancier auquel Dorléac avait répliqué :

— Moi, romancier ? Vous plaisantez, monsieur Cantarel. J'ai si peu d'imagination…

— C'est vrai que vous manquez quelque peu d'anticipation, railla le conservateur parisien.

Théo se taisait. Était-ce la fatigue du voyage, les derniers rebondissements d'une affaire où la mort s'invitait, ou, plus simplement, l'abus de gaillac qui rendaient ses paupières si lourdes ? Toujours est-il qu'il aspirait maintenant à regagner son hôtel et à prendre une douche glacée avant de se glisser entre les draps toujours un peu rêches d'un lit au sommier trop dur. Séraphin Cantarel bâillait à son tour. La journée avait été bien longue et celle qui s'annonçait ne le serait pas moins. Dorléac proposa un nouveau verre. Théo et Séraphin refusèrent de concert. À peine une centaine de mètres séparait l'*Hostellerie Saint-Antoine* du domicile du très lettré conservateur.

Quelques pas sous un ciel saturé d'étoiles feraient oublier le caractère velouté de ce gaillac doux aux arômes de fruits secs et de pain d'épices dont les avait abreuvés avec une générosité excessive Jean Dorléac.

À la salle des petits déjeuners du *Saint-Antoine* Séraphin et Théo avaient préféré le *Pontié*. Véritable institution albigeoise, ce grand café, campé sur la place du Vigan, voyait défiler devant son zinc tout ce que la capitale tarnaise comptait de notables, d'oisifs, de sportifs, de dilettantes, de turfistes ou d'accros au petit blanc.

Une faune, plutôt distinguée mais cancanière, y prenait son petit noir du matin en parcourant *La Dépêche, Midi olympique* ou *Le Tarn libre*. Le cambriolage du musée, et plus encore le suicide de Labatut, étaient sur toutes les lèvres. Chacun y allait de son commentaire, spéculant sur les responsabilités de chacun, hasardant des hypothèses souvent fumeuses.

— Je ne suis pas convaincu que nous ayons affaire à un réseau de trafiquants d'art, avança Séraphin en savourant son croissant au beurre.

Pas question de le tremper dans son café crème comme le faisait son assistant, dont les manières manquaient parfois de raffinement.

— Les deux tableaux, quoique très différents, peuvent sous le manteau se négocier à prix d'or. Il s'agit quand même du premier autoportrait de Lautrec, et puis son *Jeune Routy à Céleyran* est d'une facture inouïe. Tout y est : maîtrise du trait, des couleurs, de la nature ! 1882, c'est l'année, patron, où ce nabot d'Henri se révèle peintre à part entière ! argumenta l'assistant de Cantarel avec la fougue dont il ne savait jamais se départir.

— Mais vous savez comme moi, Théo, que la cote de Toulouse-Lautrec porte sur ses œuvres plus tardives, sur la période Montmartre avec les filles de joie, les salons rouges, le cirque, les champs de courses... Non, je crois de façon plus pragmatique que les voleurs ont été surpris. Par quoi ? Je l'ignore. Ils ont embarqué à la sauvette deux tableaux, de formats très moyens pour plus de commodité, situés dans la première salle, donc très près de l'issue par laquelle ils ont pénétré dans le musée.

— Vous êtes en train de m'expliquer, patron, que nos malandrins ont paré au plus pressé, décrochant presque au hasard les deux tableaux qui s'offraient à eux ?

— Je le pense, répondit sèchement Séraphin.

— Je ne connais pas encore la configuration des lieux, mais permettez-moi de ne pas souscrire à votre analyse !

— Je ne demande qu'à être contredit.

— Pourquoi, en ce cas, n'ont-ils pas embarqué l'*Artilleur sellant son cheval* ? Le tableau n'est guère plus grand. Déjà, tout le talent de Lautrec est contenu dans cette huile inspirée des manœuvres militaires qui se déroulaient autrefois au château du Bosc. La campagne est à peine esquissée, la croupe du cheval est magnifiquement soulignée, la posture du soldat est plus vraie que nature. Non, les voleurs ont agi sur ordre car, d'après ce que j'en sais, l'*Artilleur* était l'un des premiers de la galerie, n'est-ce pas ?

— Comment le savez-vous alors que vous ignorez tous des lieux ? s'étonna Séraphin.

— Je vous ai écouté avec attention, patron. J'ai révisé mes classiques.

— Je n'aime pas, vous le savez, Théo, votre côté « réponse à tout ».

— En ce cas, il fallait me laisser à Paris ! répliqua le jeune homme d'un ton effronté.

— Je ne connais pas, dans le monde des arts, meilleur avocat du diable que vous !

— J'ai toujours préféré, il est vrai, l'enfer au paradis, les relations y sont à n'en pas douter plus sympathiques. C'est la raison pour laquelle je me sens très proche de ce Lautrec. Vraiment très proche…

Une brise légère faisait courber les candélabres blancs des marronniers du Vigan, près du kiosque à musique. Assez palabré, des croissants au beurre du *Pontié* il ne restait plus que des miettes, aussi Théo les collait-il sur son majeur avant de les porter aux lèvres, réflexe de petit garçon jamais rassasié. Il était grand temps de rejoindre le musée. Peut-être Lazaret avait-il croisé, lors de l'une de ses rondes nocturnes, le fantôme sur pattes courtes, le chapeau melon vissé sur son crâne chauve, des bésicles sur son nez atrophié ?

— Vous n'avez donc pas trouvé la moindre trace, une lettre, un bout de papier signé de sa main ?

— Rien, commissaire ! J'ai fouillé la loge de fond en comble, vous pensez bien...

La toute fraîche veuve Labatut portait un manteau raglan comme si l'on était au mitan de l'hiver. Les questions du commissaire Coustot l'avaient intimidée, elle avait même sangloté avant d'enfouir son mouchoir bien au fond de sa poche. Elle parlait avec émotion de son bonheur avec René. Ils étaient heureux ici, au musée. M. le conservateur était gentil avec eux. Certes, son mari n'était pas très bien payé, mais ils étaient logés. Parfois même, René faisait les visites quand il y avait trop d'affluence. Il avait droit à quelques pourboires, cela améliorait l'ordinaire... Il avait lu beaucoup de choses sur Toulouse-Lautrec, et puis toutes ces femmes à moitié à poil dans les maisons de tolérance de Paris, cela l'excitait, vous comprenez... Il en rajoutait. Les visiteurs n'y voyaient que du feu !

— Vous aviez remarqué chez lui des tendances suicidaires ?

— Pas du tout, monsieur le commissaire ! Mon René, vous savez, c'était la joie de vivre. On avait des soucis comme tout le monde, mais pas de quoi se mettre la corde au cou !

— Quel type de soucis ? insista Coustot.

— Des fois, c'était pas facile de joindre les deux bouts. Et puis, on a eu deux fils qui nous ont causé bien du tracas. Ils sont au chômage tous les deux. Ni l'un ni l'autre n'est capable de garder sa place plus d'un mois. Par les temps qui courent, quand on a du boulot, on le garde, n'est-ce pas, commissaire ? Ça, mon René, ça le minait ! À chaque fois qu'ils viennent à la maison... Enfin, je veux dire à la conciergerie, ils en ramènent toujours une nouvelle. Des filles qui les plument ! Voyez le genre...

Assis dans un fauteuil décati, le policier s'était abstenu de tout tabac. La porte de la chambre était entrebâillée. Le miroir de l'armoire en pitchpin renvoyait le profil sec et blême du pendu, allongé sur son lit de mort. On avait pris soin de nouer un foulard autour de son cou pour dissimuler toute trace de strangulation. Quelques heures plus tôt, le médecin légiste avait confirmé la thèse du suicide. Les relevés d'empreintes digitales sur la corde élimée confirmaient la préméditation du désespéré.

À mesure que Micheline Labatut égrenait sa vie, Coustot ruminait ce que Dorléac lui avait dit le matin même.

Le conservateur albigeois avait passé une nuit blanche. Les griefs déguisés de Cantarel, ajoutés au suicide du malheureux concierge, lui avaient barré les portes du sommeil. Jean Dorléac s'était souvenu que René Labatut, par quelque attrait morbide, s'attardait souvent sur une étrange affiche publiée dans les colonnes de *La Dépêche* pour illustrer un feuilleton. L'estampe, d'un réalisme étonnant, était intitulée *Le Pendu*. On y voyait un valet portant perruque, chandelier au poing, découvrant effaré le cadavre de son maître pendu à une corde. Le désespéré, vêtu d'une chemise blanche, portait sur son visage émacié les stigmates de la mort.

Dans la mise en scène dont il avait soigné l'orchestration, René Labatut avait pris soin d'établir sa potence dans les réserves du musée. Là où sont minutieusement rangées dans des caisses en bois, à l'abri de la lumière, les œuvres mineures ou détériorées du peintre. Avant de passer à l'acte, il s'était débarrassé de la veste de son uniforme pour ne garder que sa chemise blanche, déboutonnée jusqu'au thorax. Cette théâtralisation était en tout point conforme à l'estampe de Lautrec. Étrange coïncidence.

— Vous pouvez me confirmer, madame Labatut, que votre mari n'a jamais eu d'idées suicidaires ? insista l'homme de la PJ.

— Si je vous le dis, monsieur le commissaire !

— Il était souffrant ces derniers temps, non ?

— Oui, il avait très souvent des crises de goutte qui le faisaient atrocement souffrir. Je lui disais pourtant de mettre la pédale douce sur le gaillac blanc !

— Il ne vous écoutait pas ?

— Il n'en faisait qu'à sa tête. Comme tous les hommes !

— Dites-moi, cette affaire de cambriolage, cela ne l'avait pas perturbé quelque peu ?

— Oh, que si ! Il ne comprenait pas pourquoi l'alarme ne s'était pas déclenchée.

— Pour qu'elle se déclenche, encore aurait-il fallu qu'elle soit branchée. Or, dans la nuit de samedi à dimanche, il apparaît que le système d'alarme n'a pas été mis sous tension. Votre mari vous en a-t-il parlé ?

— Pour lui, il avait dû y avoir un court-circuit, car il se souvenait parfaitement d'avoir enclenché la centrale.

— Vous êtes affirmative ?

— Voilà que vous mettez en doute la parole de mon défunt mari ?

Presque à contre-jour, Coustot s'était rencogné dans son fauteuil, laissant Mme Labatut s'agiter dans son salon tapissé de fanfreluches.

— Vous aviez des soucis d'argent ces temps-ci ? Vous avez reçu des menaces ?

— Qu'est-ce que vous insinuez ? Nous sommes des gens honnêtes, commissaire !

— Quand, pour la dernière fois, l'alarme s'est-elle mise en marche ?

— Je ne sais pas, moi. Il lui est arrivé souvent à mon pauvre René de se lever la nuit pour aller éteindre ce truc qui faisait un boucan terrible, souvent parce qu'une souris était passée devant un détecteur. Il faudrait demander à Dupuy, lui pourrait vous le dire !

— Quel type de rapport entretenait votre mari avec ce M. Dupuy.

— Oh, tout ce qu'il y a de plus cordial ! Paul est un peu dur de la feuille, mais c'est le garçon le plus gentil que je connaisse.

— Vous le fréquentiez hors du travail ?

— Pas vraiment. Vous savez, chacun a sa vie et les histoires de chacun ne nous regardent pas.

— De quelles histoires voulez-vous parler ?

— Rien en particulier, bredouilla la femme du concierge qui s'était enfin décidée à se débarrasser de son manteau.

— Tout de même, il n'est pas du genre très viril, ce Paul Dupuy ? renchérit Coustot.

— Vous voulez dire qu'il couche avec des…

— Des… ? appuya le policier que le manque de nicotine rendait nerveux.

— Des hommes, c'est ce que vous voulez me faire dire ? Chacun fait ce qu'il veut avec son c… ! Mais pourquoi vous me posez ce genre de questions ? Qu'est-ce que cela a à voir avec mon pauvre René ?

— Oh, moi, madame, je suis payé pour poser des questions et trouver des réponses à des interrogations qui n'intéressent personne, sauf peut-être le ministère public.

— Qu'est-ce qu'il a à voir avec le cambriolage, mon regretté mari ?

— Je serais tenté de dire rien, si ce n'est que, la nuit du fric-frac, le système d'alarme n'a pas été enclenché par ses soins et que, vous comme moi, pas plus a priori que vos fils, ne savons pourquoi votre époux a mis fin à ses jours.

C'est alors que Micheline Labatut alla chercher le mouchoir enfoui au plus profond de son manteau à martingale. À cet instant, Jean Dorléac entra dans la loge du concierge :

— Pauvre madame Labatut, je ne peux me résoudre à l'idée que René nous a définitivement quittés.

Le conservateur du musée Lautrec eut alors un geste de compassion en direction de cette femme à laquelle les deux fils indignes avaient laissé le soin de régler la facture des obsèques.

— Je vais voir avec les bonnes œuvres de la ville ce que nous pouvons faire, ajouta Dorléac qui détecta dans un coin de la pièce la présence insistante de Coustot.

— Ah, commissaire, je ne vous avais pas vu ! Déjà au travail ?

— La mort n'attend pas, c'est bien connu !

Dorléac ne releva pas l'allusion.

— Au fait, commissaire, avez-vous aperçu M. Cantarel ou son assistant ?

— Oui, il y a encore une demi-heure, ils étaient dans le jardin du palais, dissertant parmi les massifs d'hortensias. On aurait dit le cardinal de Bernis et son jeune diacre, railla Coustot avec ce cynisme qui lui servait de gabardine.

Jean Dorléac prit congé pour rejoindre, d'un pas pressé, les jardins suspendus où la rosée perlait sur chacun des rosiers encore en boutons.

— Monsieur Cantarel, je vous cherche depuis ce matin. C'est une catastrophe ! Je suis effondré…

— Que se passe-t-il encore, mon ami ? tempéra Séraphin.

Théo assistait à la scène en jubilant au creux de son écharpe en cachemire, un cadeau d'Hélène.

— Comment peut-on me faire ça ? À moi !...

— Mais quoi donc ? s'écria Cantarel, irrité par tant de préliminaires.

— Je viens d'avoir au téléphone mon homologue du musée Marmottan. Il s'oppose catégoriquement au transfert des toiles de Monet en raison, dit-il, d'« une protection des œuvres pour le moins aléatoire ». Il faut que vous interveniez, monsieur Cantarel. On ne peut pas annuler une telle exposition ! C'est tout mon crédit qui est en jeu !

— Rengainez votre fierté, s'il vous plaît, Dorléac ! Je vais voir ce qu'il convient de faire, mais une chose est sûre, vous n'allez pas pouvoir faire l'économie d'un nouveau système d'alarme plus performant. Faites dare-dare voter un crédit exceptionnel par votre conseil municipal sinon aucune compagnie d'assurances ne couvrira cette exposition.

— Vous avez raison, je vais provoquer dès ce soir une réunion extraordinaire du conseil municipal.

Et Dorléac de s'échapper aussitôt pour mettre à exécution la proposition de Séraphin.

Théo, qui avait assisté en silence à l'échange, s'approcha de son supérieur et prit son air canaille :

— Bien joué, patron ! L'État vous en saura gré. Vous allez faire payer par le contribuable albigeois un nouveau système de protection, prétendument inviolable, qui aurait mérité une petite subvention de la rue de Valois[1].

— Vous comprenez vite, Théo. Je vous promets une belle carrière à condition que... vous ne prêtiez pas trop souvent main-forte au diable !

1. Siège du ministère de la Culture. (*N.d.A.*)

— Dois-je donc refuser de vous aider ?

Et les deux représentants de l'État providence de rire comme des bossus dans les jardins tracés au cordeau du palais de la Berbie.

Plus que jamais complices, Cantarel et Trélissac n'avaient pas une seconde à perdre. Coustot était déjà à leurs trousses et Albert Simon, « l'homme à la voix de casserole fêlée », annonçait sur Europe 1 une météo des plus contrastées dans le Sud-Ouest avec d'« importants risques d'orages en Ardèche et dans les gorges du Tarn ».

3

47, rue du Puits-Vert.

Dorléac en personne avait fourni à Théo l'adresse exacte du domicile de Paul Dupuy. C'était une rue sombre du Vieil-Albi où s'enchevêtraient maisons à colombages, quelques jardins de curé et des bâtiments modernes du plus mauvais effet. La rue tirait son nom d'un puits, aujourd'hui comblé, dont l'eau était, disait-on, toujours tapissée de lentilles et habitée de salamandres.

On prêtait à cette eau croupie quelques vertus médicinales, voire miraculeuses, à commencer par celle de vaincre toutes formes de stérilité. Jamais cependant on n'avait vu femme, ou homme, se baigner dans cette eau aussi épaisse que répugnante.

Théo avait recueilli cette histoire dans une petite monographie imprimée sur du mauvais papier, vendue trois francs à l'office de tourisme de la ville. Ponctués de clichés en noir et blanc, les textes étaient assez fantaisistes, rédigés dans un style scolaire et, somme toute, assez puérils. Heureusement que Séraphin Cantarel n'était pas tombé sur ce document faussement historique, sinon il en aurait fait le reproche au conservateur du musée Toulouse-Lautrec ! Le malheureux avait, il est vrai, bien d'autres chats à fouetter...

Précisément, c'était une chatte au poil roux qui montait la garde sur le seuil de la modeste maison de Paul Dupuy. Une grille rouillée barrait l'entrée d'un petit jardin où des lilas blancs disputaient à des rosiers grimpants et à la passiflore une pergola brinquebalante.

Des herbes folles couraient dans ce coin de verdure prisonnier de l'ombre de deux immenses maisons. La grille était verrouillée. Qu'importe. Avec une souplesse toute féline, Théo chevaucha le portillon et sauta au milieu d'un tapis de crocus sauvages. La rue était déserte et, manifestement, personne n'avait été témoin de cette violation de domicile.

Les persiennes étaient crochetées de l'intérieur. Trélissac s'approcha de la porte d'entrée à la peinture tout écaillée, actionna le heurtoir à trois reprises, mais seul le silence semblait régner en maître dans cette masure. Sur le pas de la porte, il y avait une assiette ébréchée qui devait servir d'écuelle pour le matou. Elle était vide de toute nourriture. Plus loin, un transat à la toile fanée tendait les bras à un propriétaire qui, à l'évidence, avait déserté la place.

L'assistant de Cantarel tenta de forcer l'ouverture d'un volet, mais la maison paraissait barricadée. Théo renonça à toute intrusion. À cette heure du jour, c'était bien trop risqué. Le garçon rebroussa donc chemin. Cependant, avant d'enjamber le petit portail, il jeta un œil sur la boîte aux lettres en fer-blanc fixée à la grille. Deux missives émergeaient de la fente. L'une était un relevé de CCP contenu dans une enveloppe bistre, l'autre une correspondance classique dont l'adresse avait été frappée avec une vieille machine à écrire tant les caractères étaient mal alignés. Théo redéposa la première dans la boîte et, sans scrupules, glissa la seconde dans la poche arrière de son jean.

D'un bond, le jeune homme se retrouva dans la rue du Puits-Vert. Théo rajusta les deux pans de sa chemise dans son pantalon. Comme pour se donner une contenance, il plongea sa main dans sa chevelure épaisse afin d'imiter l'attitude désinvolte du touriste musardant parmi les ruelles du Vieil-Albi.

Pas de doute. Coustot avait raison : Dupuy avait déserté son domicile depuis trois ou quatre jours, guère plus, la veille ou le jour même où les Lautrec avaient été barbotés. Sa soudaine disparition ne pouvait donc pas relever d'une stricte coïncidence. Et si le gardien de nuit avait été confronté à un empêchement ou à un problème de santé, pourquoi n'avait-il pas alors prévenu le musée ? Non, Dupuy n'était pas très clair sur ce coup. À moins que ses « mœurs spéciales », comme disait Coustot, ne lui aient valu un mauvais tour ?

Sans le vouloir véritablement, Théo hasardait ses pas vers le bas de la ville. Il arpentait à présent la rue d'Engueysse et se dirigeait vers le Tarn. Il renonça à emprunter le Pont-Vieux au profit des berges de la rivière d'où émergeaient des bancs de terre, comme autant de petites îles squattées par des cormorans noirs narguant Trélissac ainsi que le font parfois les oiseaux de malheur.

Théo trouva refuge sur un ponton adossé à quelques vieux saules pleureurs. Il s'assit à même le bois, balançant ses jambes au-dessus de la rivière qui clapotait. Un doux soleil empourprait ses joues.

Décidément, cette ville ne manquait pas de charme. Toutes ces briques, cette lumière ocrée, ces arpents de tuiles en cascade lui faisaient songer à Florence. Le Tarn n'était pas l'Arno, Sainte-Cécile n'avait pas les rondeurs de la basilique Santa Maria del Fiore, le Pont-Vieux n'était certes pas le Ponte Vecchio, mais il y avait là un air de famille, de vague cousinage, qui donnait une infinie douceur à ce paysage.

Le collaborateur de Cantarel extirpa alors de la poche arrière de son jean l'enveloppe dérobée dans la boîte aux lettres de Dupuy et la décacheta, avant d'entamer sa courte mais édifiante lecture.

Sale crapule,

Comme de bien entendu, tu es resté SOURD à notre dernière mise en demeure.

Si sous huitaine (pas un jour de plus !), tu ne nous as pas remis ce que tu nous dois, nous ne répondrons plus de rien. Tout Albi, petite enflure, se délectera de tes perversités…

Ceci, ma poule, est notre dernier avertissement avant la sentence fatale et peut-être mortelle.

J. J.

Tes amis qui ne te veulent que du mal.

Perplexe, Théo relut une seconde fois la mise en demeure. Les auteurs de cette missive, qui s'abritaient derrière les caractères disjoints d'une vieille Japy ou Remington, ne manquaient pas de style, néanmoins le propos se voulait aussi intimidant qu'humiliant. Mais de quelle dette s'agissait-il ? Une chose était sûre : le chantage était patent et la menace imminente. La disparition subite de Dupuy trouvait là son explication. Soit, sous la pression des maîtres chanteurs, le gardien de nuit avait pris la fuite, soit ces derniers avaient mis à exécution leurs menaces. Nul doute que Séraphin Cantarel accueillerait ces indices avec intérêt. Fallait-il pour autant les livrer au commissaire Coustot ?

Théo replia la lettre, la glissa dans l'enveloppe avant de l'engloutir dans la poche de son jean. Le jeune homme prit soin de palper sa fesse droite, histoire de s'assurer que la pièce à conviction était bien à sa place.

Il n'était plus question à présent de lanterner dans le Vieil-Albi. Dupuy était en danger. Et si l'objet du chantage était les deux toiles de Toulouse-Lautrec ?

Théo ramassa un galet que les eaux du Tarn avaient rendu rond et doux au toucher. Il le caressa un moment avant de le jeter de toutes ses forces au milieu de la rivière. On entendit alors un flop qui résonna sur l'onde comme le claquement d'une arme à feu.

En moins de dix minutes, à pas de loup, Trélissac aurait rejoint le palais de la Berbie toujours interdit au public.

En l'absence de Jean Dorléac, Cantarel s'était arrogé son bureau. Il avait pris soin d'ouvrir la large fenêtre en verre dépoli qui donnait sur le Tarn et s'était accordé, chose rarissime dans l'exercice de ses fonctions, un Davidoff qu'il savourait sans retenue. Séraphin n'était pas sûr que ce plaisir d'épicurien fût du goût de Mlle Combarieu, mais il s'en moquait.

Avec obsession, Cantarel examinait les différentes reproductions des toiles dérobées. Toutes deux faisaient partie des « fondamentaux » du musée, car la réunion des six cents pièces – dont deux cent quinze peintures – qui constituaient le « Trésor Lautrec » avait été une succession de rendez-vous manqués avec l'histoire de l'art.

Quand, le 9 septembre 1901, Henri de Toulouse-Lautrec meurt dans les bras de sa mère Adèle en son château de Malromé, tout près de Verdelais, en Gironde, il n'a que trente-sept ans. Le peintre de Montmartre est surtout reconnu comme un affichiste talentueux et un illustrateur inspiré. La renommée de sa peinture viendra plus tard, grâce à Maurice Joyant qui fut l'ami fidèle de Lautrec à toutes les heures de sa vie, les plus sombres comme les plus délurées. Maurice et Henri s'étaient connus sur les bancs du collège, à Paris.

Écrivain, Joyant s'intéressa très vite à la peinture ; il fut directeur de la galerie Goupil, boulevard Montmartre, avant de monter sa propre boutique avec Michel Manzi. Cet esprit éclairé fut le promoteur inconditionnel des premiers dessins de son ami. Critique au *Figaro illustré*, c'est lui qui introduisit le jeune Lautrec comme illustrateur au sein de la rédaction du célèbre journal parisien. L'année qui suivit la mort de son « génie d'Henri », il organisa une première rétrospective chez Durand-Ruel où les toiles de Lautrec commencèrent à flamber. Puis, en 1914, ce fut au tour de la galerie Rosenberg de hisser Lautrec au rang des artistes majeurs. Le temps faisait, à son tour, son œuvre.

Toutefois, la reconnaissance du peintre connut bien des hoquets, mesquineries et autres trahisons de la part de ceux qui côtoyèrent de très près Lautrec, à commencer par Bonnat qui fut pourtant son maître dans ses années d'initiation. Son atelier était, à la fin du XIXe siècle, l'un des plus cotés, et le vieux Bonnat y réunissait sous sa coupe une poignée d'élèves qui rêvaient tous de décrocher une médaille ou même le Grand Prix de Rome !

Séraphin Cantarel se souvenait avoir lu dans un ouvrage dont il avait négligé le titre l'appréciation de

Bonnat quant aux premières productions de cet *esclopé*[1] d'Henri : « Votre peinture n'est pas mal, c'est du chic mais enfin c'est pas mal ; mais votre dessin est tout bonnement atroce ! »

Représentant d'une peinture réaliste et très académique, Bonnat avait su se faire bien voir auprès des autorités de l'époque. C'est ainsi qu'il fut nommé président de la Commission des musées. Et quand Maurice Joyant voulut faire entrer le portrait de Louis Delaporte au musée du Luxembourg, Léon Bonnat fut le plus farouche adversaire de cet accrochage. Lautrec devait donc rester au purgatoire. Décidément, le peintre de la luxure n'était pas sur les voies de la réhabilitation avec des censeurs et pisse-vinaigre de la trempe de Bonnat.

Séraphin Cantarel était, sur ce point, très au fait des événements. N'avait-il pas été, pendant trois ans, le conservateur du musée Bonnat de Bayonne ? Il connaissait tout ou presque de l'œuvre de ce peintre basque, portraitiste, grand amateur des ors de la République, et qui n'était pas peu fier d'avoir eu comme élèves Georges Braque, Gustave Caillebotte ou encore Raoul Dufy dont il ne goûtait guère, on s'en doute, la peinture.

À la mort de son fils, le comte Alphonse de Toulouse-Lautrec n'hésita pas à désigner Maurice Joyant comme l'exécuteur testamentaire et le légataire des œuvres de son unique enfant.

Lucide et honnête, l'aristocrate se fendit alors d'une belle lettre qui rassura le notaire et clarifia les choses :

> *Je ne fais pas le généreux en vous passant tous mes droits paternels, s'il y en a comme*

1. Terme patoisant qui signifie : estropié. (*N.d.A.*)

héritier de ce qu'a pu produire notre disparu : votre amitié fraternelle s'est substituée si doucement à ma molle influence que je serai logique en vous constituant ce rôle charitable, si vous le voulez bien, pour la seule satisfaction de votre cœur tout bon pour votre camarade de collège ; donc, je ne songe pas à me convertir et à porter aux nues, lui mort, ce que vivant, je ne pouvais comprendre, sinon comme études de carton d'ateliers hardies, osées [...].

Toutes les pièces relatives à l'« héritage Lautrec » étaient réunies dans une grande chemise en toile noire que Cantarel détaillait à présent avec la curiosité d'un entomologiste. Ainsi, peu à peu, il prenait la pleine mesure des œuvres accumulées en cinquante ans dans ce gigantesque palais épiscopal. Autant de peintures, d'affiches, de dessins, que le Louvre et les musées nationaux avaient poliment mais fermement refusés au lendemain de la mort du peintre maudit, héritier d'une aristocratie de province qui avait engendré guerriers, chasseurs et bien peu de curés.

Il avait fallu que le quotidien toulousain *La Dépêche du Midi* organisât en 1907, dans son hall, une exposition rendant hommage à son illustrateur occasionnel, mais aussi à sa « peinture de genre », pour que le Midi garonnais prît enfin conscience des mérites de l'enfant du pays. C'est alors que le cousin du peintre, Gabriel Tapié de Céleyran, avec l'indéfectible soutien de Maurice Joyant, saisit la Ville d'Albi afin qu'un département Toulouse-Lautrec fût créé au sein du musée archéologique du palais de la Berbie. Le projet n'allait pas de soi. Certes Henri de Toulouse-Lautrec avait vu le jour dans la préfecture tarnaise, un soir d'orage disait la légende, mais sa réputation, longtemps après sa mort, restait très sulfureuse.

Cette infirmité de la nature avait certes eu un sacré coup de crayon et son pinceau était un véritable scalpel, mais tout de même : pouvait-on réellement tout montrer de son œuvre ?

Pendant quinze ans, il avait couché sur le papier ou la toile les plus crus plaisirs de la vie. L'ancienne résidence des évêques d'Albi était-elle prête à les accueillir ? Il fallut lever bien des réticences. À la fausse image du peintre maudit, les partisans de Lautrec opposèrent celle, plus proche de la vérité, faisant du peintre albigeois un acteur et surtout un témoin des lieux dits de divertissement. Du *Moulin Rouge* au théâtre et au caf'conc', des maisons closes au cirque ou aux champs de courses, Lautrec plaquait sur son chevalet des images ne concédant rien au bon goût et aux bonnes manières d'alors. La province, corsetée dans ses pieuses traditions, était-elle encline à mettre en scène une œuvre que les grands musées nationaux avaient refusée ?

Gabriel Tapié de Céleyran et Maurice Joyant, prêts à se défaire de leurs collections personnelles, surent trouver les bons arguments et, le 30 juillet 1922, était inauguré en grande pompe le musée d'Albi.

Le « nabot boitracaillant », comme le surnommaient ses détracteurs parisiens, faisait enfin son entrée au musée de sa ville natale sous une pluie d'éloges.

Sous les yeux de Cantarel, sur trois feuillets, s'étirait l'allocution prononcée par Maurice Joyant sur le parvis du musée :

> « Lautrec peindra des portraits, n'admettant le paysage que comme un accessoire de la figure. Certes, il n'eût souvent désiré que peindre grandes dames, duchesses, artistes en renom – mais, dès l'abord, un malentendu irréparable naissait, fait, d'un côté, de la peur de n'être pas assez

flattées, de l'autre de l'appréhension de l'homme qui craint d'être remarqué comme une curiosité. Et le peintre, alors, retournait à des accueils populaires plus faciles. Il faisait le portrait parce que, après avoir tourné autour pendant des mois, le modèle guigné lui plaisait et cela sans aucune pensée de lucre. Je ne dis pas que les portraits représentent une des bases les plus solides de l'œuvre qui se complète par toute l'interprétation de la vie qui de 1882 à 1901 tourbillonne, s'agite, dans les hôpitaux, les courses, les vélodromes, les cirques, les cafés-concerts, les bals de Montmartre, les théâtres, les endroits où le nu se meut librement, non le nu d'atelier conventionnel [...]. Messieurs de la Ville d'Albi, nous confions à votre garde, pour l'éternité, l'œuvre du peintre Toulouse-Lautrec qui deviendra l'objet d'un pèlerinage de tous les amoureux de l'art ! »

Séraphin Cantarel tirait sur son cigare par petites bouffées régulières. Il savourait autant son cubain que le style de l'époque. Il aurait aimé avoir un Joyant parmi les marchands d'art de la rue de Rivoli. Hélas, galeristes et antiquaires étaient moins enclins à pratiquer la donation au profit de l'État. Autres temps, autres mœurs.

De son vivant, Maurice Joyant avait donc consenti à se dépouiller de sa collection de Lautrec. La mère du peintre, la comtesse Adèle, fit de même, décrochant de nombreuses toiles de son château de Malromé. Gabriel Tapié de Céleyran et le dramaturge Romain Coolus l'imitèrent. De son vrai nom René Max Weill, Coolus comptait parmi ses amis Jules Renard, Tristan Bernard et, bien sûr, Toulouse-Lautrec, qui n'avait pas manqué de faire son portrait. L'écrivain, sensible au talent de son ami, lui achetait régulièrement dessins et lithographies. Autant de productions qui allaient enrichir le musée d'Albi.

Denise Combarieu interrompit Séraphin dans son travail de lecture pour lui proposer une tasse de café. Cantarel apprécia cette délicatesse, prit un seul sucre et demanda à la secrétaire de Dorléac si elle n'avait pas vu M. Trélissac.

— Non, monsieur Cantarel. Un beau jeune homme comme lui, cela se remarque ! Il doit être dans les salles à tout lorgner. J'ai noté qu'il est du style fureteur…

— Ce n'est pas là sa moindre qualité, ajouta Séraphin en déposant un tube de cendre grise dans un mortier en étain qui faisait office de cendrier.

Mlle Combarieu disparut avec sa cafetière, abandonnant Séraphin à ses archives. À présent, il parcourait une grande page dactylographiée. C'était le discours qu'avait prononcé Léon Bérard, ministre de l'Instruction publique et des Beaux-Arts, lors de l'inauguration de 1922 :

> « Lorsqu'un homme qui fut grand par les dons de l'esprit a souffert de sa légende et des disgrâces du sort, l'hommage qui lui est rendu a le caractère d'une réparation. Tel est bien le sens le plus général de cette journée artistique […]. Remercions ceux qui ont contribué de leur générosité délicate et de leur goût ingénieux à la préparer : la famille de Toulouse-Lautrec qui se connaissait trop en vraie noblesse pour ignorer que nul ne déroge à enrichir son pays d'une œuvre originale, puissante et probe ; le parfait ami du peintre, Maurice Joyant, qui s'est dépouillé pour la gloire de son ami des souvenirs les plus précieux et du trésor le plus aimé ; la Ville d'Albi, les administrateurs et le conservateur du

musée, qui ont disposé ces dessins et ces peintures de façon à créer entre Toulouse, Montauban et Castres une station du pèlerinage que les fidèles de plus en plus nombreux accompliront aux lieux où se révèle le génie plastique du Midi. »

De plus en plus lyrique, l'allocution du ministre n'avait cependant pas les envolées du grand Malraux. Cantarel essayait de rassembler les morceaux de faïence de l'histoire en cet été 1922 où l'Europe hoquetait déjà.

Les fascistes montraient le poing en Italie alors qu'en Allemagne l'inflation était galopante et que l'assassinat politique était monnaie courante. La France vivait des temps incertains. Raymond Poincaré venait de constituer un nouveau gouvernement tandis que le président Deschanel, qui n'avait déjà plus sa tête, cassait sa pipe, Benoît XV expirait à Rome, Landru venait d'être guillotiné, André Citroën lançait sa 5 CV et, dans les dancings de la capitale, le fox-trot mettait en folie les filles légères. En lisant les hommages rendus à Lautrec, Séraphin se remettait en mémoire quelques-uns des articles qui avaient accueilli sa mort. Était-ce Édouard Julien qui, en 1934, redéploya la collection Lautrec, qui avait conservé précieusement les coupures de presse de l'époque ? Toujours est-il que Cantarel parcourut nombre d'entres elles, une moue moqueuse sur ses lèvres.

Ainsi Jules Roques, journaliste au *Courrier français*, se répandait en bêtises :

« C'était au physique un des êtres les plus disgraciés de la nature, une sorte de Quasimodo qu'on ne pouvait regarder sans rire. Est-ce à cause de cela qu'il prit l'humanité en grippe et s'appliqua, pendant les quelques années de sa vie artistique, à déformer, caricaturer, avilir tout ce qu'il prit comme modèle ? Ne pouvant espérer faire naître aucun sentiment, il se vengea de l'amour, s'acharnant à rendre ridicules, ignobles, crapuleuses ou trivialement obscènes les filles de Montmartre que d'autres auraient vues avec plus d'humanité et même avec une certaine pitié empreinte de poésie. »

Et le haineux Roques de conclure :

> « Il est heureux pour l'humanité qu'il existe peu d'artistes de son genre. Le talent de Lautrec, car il serait absurde de lui dénier du talent, était un talent mauvais, d'une influence pernicieuse et attristante. »

Le *Lyon-Républicain* ne faisait pas mieux sous la plume d'un critique qui – le pleutre ! – se cachait sous le pseudonyme de « Jumelles » :

> « Nous venons de perdre, il y a quelques jours, un artiste qui s'était acquis une certaine célébrité dans le genre laid. Je veux parler du dessinateur Toulouse-Lautrec, être bizarre et contrefait qui voyait un peu tout le monde à travers ses tares physiologiques. Toulouse-Lautrec, qui prétendait descendre des comtes de Toulouse, s'était consacré à la caricature grotesque et un peu obscène. Il prenait ses modèles dans les bouis-bouis, les tripots, les bals de barrière, partout où le vice déforme les visages, abrutit la physionomie et fait monter à la face les laideurs de l'âme. Ses types préférés étaient le souteneur, la gigolette, le pâle voyou ou l'alcoolique. À force de fréquenter ce joli monde et de se vau-

trer dans ces abjections, Toulouse-Lautrec avait fini par en subir lui-même la contagion. »

Heureusement, à ces tissus d'injures, à ces commentaires nauséeux s'ajoutaient des citations d'hommes libres et surtout d'esprit. Ainsi, Tristan Bernard qui déclara :

> « Que ce grand petit homme était un individu prodigieux ! Quand, si jeune encore, il nous a quittés, quelqu'un a dit que ce n'était pas une mort, et que cet étrange Toulouse-Lautrec était simplement rendu au monde surnaturel. Nous découvrons maintenant que ce Lautrec ne nous paraissait surnaturel que parce qu'il était naturel à l'extrême. C'était vraiment un être libre. Mais il n'y avait aucun parti pris dans son indépendance. »

Séraphin fut interrompu dans sa lecture par un flot de murmures qui montaient des murs du palais épiscopal. Il se saisit alors de son cigare brun et se pencha à la fenêtre qui donnait vers l'entrée de la Berbie. Un attroupement s'était formé devant la conciergerie.

Au bout de quelques secondes, un cercueil en chêne clair porté par quatre gardiens en uniforme franchit le seuil de la loge. Derrière lui, de noir vêtue, la veuve Labatut cachait son visage derrière un mouchoir brodé. À ses côtés, de part et d'autre, se tenaient ses deux fils éplorés. L'un plus grand que l'autre, tous deux engoncés dans des costumes sombres mal taillés.

Sur la bière, une couronne en perles de verre portait la mention :

À notre père regretté. Ses fils Jules et Jean.

Parmi la vingtaine de personnes qui entouraient la dépouille de René Labatut, Séraphin reconnut Jean Dorléac, la mine de circonstance, et, dix pas derrière lui, fermant la marche, le commissaire Coustot affublé de son imperméable couleur mastic.

Le policier avait tout prévu. Dans moins d'un quart d'heure, l'orage éclaterait sur la ville. Déjà des nuages cendreux étaient prêts à passer à la charge.

Il suffisait d'un éclair. Un seul.

4

Labatut ne croyait pas en Dieu. Le rituel funéraire fut réduit d'autant. En fait, c'est l'orage qui précipita le malheureux concierge dans la tombe. Une ondée drue et tiède s'abattit sur Albi au moment où le cortège accompagnait le pauvre René au cimetière de la Madeleine. On jeta précipitamment une poignée de terre sur le cercueil, Micheline Labatut se fendit d'un bouquet de roses blanches et ajouta quelques larmes à la pluie battante. Les deux fils, Jules et Jean, restèrent les bras ballants devant le trou béant avant de s'abriter sous la coiffe d'une chapelle. Puis ils se hâtèrent vers la sortie du cimetière en tirant leur mère par le bras.

— C'est fini, maman. Il faut partir ! Tu vas être toute trempée !...

Toujours prévoyant, Coustot avait bien fait d'opter, le matin même, pour son vieil imperméable. Mouillé comme une soupe, il observait la scène, guettant le moindre faux pas, le geste compromettant, la confidence de trop arrachée sous un coin de parapluie...

Les quatre gardiens du musée restaient soudés. Tous commentaient, *mezza voce*, l'absence inexpliquée de Paul Dupuy.

— Où se cache-t-il, bon sang ?

Ange Pizzolini, un Corse que les hasards de la vie avaient propulsé au lendemain de la guerre à la verrerie d'Albi avant qu'il se fasse embaucher comme surveillant de musée, émettait la plus funeste des hypothèses :

— Moi, je ne serais pas surpris qu'on le retrouve, un de ces quatre matins, noyé dans le Tarn !

Coustot, l'oreille à l'affût, écoutait les propos aigres-doux des quatre hommes qui s'étaient abrités sous le porche du cimetière.

L'orage poursuivit sa course plus à l'est, embarquant dans son sillage nuages de plomb, grondements sourds et quelques arcs électriques prêts à foudroyer les blocs de granite herculéens du Sidobre.

Du sol détrempé transpirait à présent une douce odeur de menthe et de foin coupé. Dorléac et les rares personnes qui avaient accompagné Labatut à sa dernière demeure s'étaient sauvés sans regarder derrière eux.

— Quel triste enterrement ! marmotta le croque-mort qui, à coups de larges pelletées, recouvrait de terre meuble la tombe des Labatut.

Les gardiens dissertaient sur la réouverture toujours ajournée du musée. L'un d'eux proposa d'aller boire un verre à la santé du défunt au *Pontié*. Tous acceptèrent, sauf le plus jeune des quatre qui regarda sa montre avant de se confondre en excuses. C'était un garçon au crâne rasé dont les grands yeux noirs faisaient oublier son nez aplati de boxeur. Il serra la main de ses collègues avant de s'enfuir. Coustot pressa le pas pour le rattraper.

— Hé, monsieur, excusez-moi de vous importuner, mais j'ai deux ou trois questions à vous poser…

— J'ai pas le temps ! répondit le jeune homme, j'suis attendu.

— Permettez-moi d'insister…

Devant son refus, Coustot s'interposa devant le cadet des gardiens du musée Lautrec.

— Je vous dis que je suis pressé, vous êtes sourd ou quoi ?

— Beaucoup moins que votre collègue Paul Dupuy !

Le gardien considéra alors l'importun avec défiance.

— Vous êtes de la police ?

— Vous ne croyez pas si bien dire ! rétorqua Coustot en arborant sa carte tricolore.

— Que voulez-vous savoir ?

— Paul Dupuy, votre collègue de nuit. Vous le fréquentez parfois ?

— C'est-à-dire ?

— Vous êtes amis ?

— Qu'est-ce que vous insinuez ?

— Rien de particulier, minimisa le commissaire. On m'a dit que c'est lui qui vous a fait embaucher au musée.

— Oui. Et alors ?

— Quand on bénéficie de quelques appuis, c'est qu'on est ami ou… qu'un service en vaut un autre !

— Vous voulez savoir si j'ai couché avec lui ?

— Disons savoir si vous avez eu une liaison autre que professionnelle.

— Je ne suis pas une tante, monsieur le commissaire. C'était juste comme ça, pour voir. Histoire de ne pas mourir idiot !

— Et alors ? persévéra Coustot.

— Notre histoire a duré quelques semaines… Après je suis retourné avec des femmes.

— Il ne vous en a pas voulu ?

— Si, bien sûr, mais je lui ai dit que les mecs, c'était pas mon truc. Et qu'il fallait rester discret sur ce qui s'était passé entre nous.

— Vous croyez que vos collègues sont au courant des mœurs de Dupuy ?

— Non, je ne crois pas…

— Votre liaison remonte à quand ?

— Deux ans tout juste, ce printemps.

— Et, depuis que vous avez coupé les ponts, vous n'avez jamais renoué, juste pour arrondir les fins de mois ?

Le jeune gardien regardait à présent ses chaussures vernies. Coustot lui tendit une Gitane qu'il accepta. Il cala la cigarette au coin de ses lèvres, mit la paume de sa main en protection pour l'allumer, en singeant une attitude mi-virile, mi-désinvolte.

— Nous nous sommes revus quatre ou cinq fois…

— Pour le plaisir ? demanda le commissaire toulousain en plongeant son regard dans celui du gardien qui, pour le coup, avait une vraie tête de boxeur.

— Euh… oui.

— Je croyais que vous préfériez la gent féminine ?...

— L'exception qui confirme la règle, n'est-ce pas, commissaire ?

— À moins que ce ne soit une récompense pour service rendu ?

— Faites-moi passer pour un gigolo tant que vous y êtes !

— Ce n'est pas un métier qui vous est totalement étranger, n'est-ce pas ? rétorqua Fernand Coustot.

Le garçon s'était raidi, baissant les yeux à chaque question embarrassante.

— C'était il y a longtemps, j'avais besoin de thunes !

— Si mes renseignements sont exacts, vous vous faisiez appeler Grégoire, à l'époque ?

Le jeune gardien se taisait.

— Dois-je vous rafraîchir la mémoire, monsieur Gérard Dorval ? Pendant longtemps, vous avez négocié vos charmes, pour ne pas dire tapiné, place Renaudel, à Bordeaux, n'est-ce pas ?

— En venant à Albi, je me suis rangé, commissaire !

— Disons qu'ici la clientèle est plus… limitée. C'est en arrivant dans le Tarn que vous avez rencontré Paul ? Vous n'êtes pas resté sourd longtemps à ses avances, c'est le moins que l'on puisse dire !

Des flaques d'eau constellaient l'esplanade du Vigan. Les deux hommes se plaisaient à les éviter en se défiant mutuellement. Au jeu du chat et de la souris, Dorval n'était pas le plus madré. Coustot s'était fait depuis longtemps une spécialité des affaires de mœurs. À Paris, il était dans la « Mondaine ». Depuis, il avait gardé un goût assez prononcé pour les histoires qui trouvent une explication rationnelle au-dessous de la ceinture. Derrière chaque crime, il voyait de l'argent ou du sexe. Et souvent les deux. L'affaire Lautrec n'échappait pas à cette logique implacable.

Comment ce Dorval pouvait-il être totalement étranger à la disparition de Dupuy ? L'avait-il fait chanter ? Était-il complice des voleurs ? Une garde à vue serait-elle susceptible de lui délier la langue ? Certes, son casier judiciaire était vierge, mais il était fiché pour prostitution sur la voie publique à Bordeaux, Toulouse et Perpignan. Coustot convia alors Dorval à la terrasse du *Pontié*. Le gardien déclina l'invitation.

— Nous nous reverrons très vite, Grégoire, pardon Gérard ! ironisa Coustot. Je vous conseille cependant de ne pas vous évanouir dans la nature. Deux gardiens envolés, un concierge suicidé, cela ferait très mauvais genre !

Dorval esquissa un sourire mièvre.
— Une dernière question. Quels étaient vos rapports, professionnels s'entend, avec Labatut ?
— C'était un chic type !... J'en dirais pas autant de sa bonne femme qui le faisait cocu dans tout Albi !...
— Et ses fils ?
— On les croisait parfois devant la loge, rarement ensemble, mais toujours avec des nanas peinturlurées comme des putes.
— C'est un mot qui sonne mal dans votre bouche !
Le gardien baissa une nouvelle fois la tête.
— Pourquoi, selon vous, Labatut a-t-il mis fin à ses jours ?
— Le vol des tableaux, ça a été la goutte qui a fait déborder le vase... Non content d'être cocufié, d'avoir des enfants branleurs, voilà qu'on était prêt à l'accuser de négligence...
— De négligence ? souligna le commissaire.
— Oui, l'alarme, elle ne risquait pas de se déclencher ! Parce que, tout simplement, elle n'était pas branchée !
— C'est exact, confirma Coustot en évitant une flaque qui reflétait les rondeurs de sa silhouette épaisse.
— Voilà plusieurs jours que Labatut la mettait hors d'usage parce que, la nuit, elle n'arrêtait pas de se déclencher. À chaque chauve-souris qui passait devant l'un des détecteurs, c'était le branle-bas dans tout le musée. Il fallait tout fouiller et ça plusieurs fois par nuit. Alors, avec l'accord de Dupuy, Labatut neutralisait l'alarme. C'est pour cela que les voleurs n'ont pas été inquiétés, entre deux rondes, c'était facile d'opérer !
— Qui était au courant des pratiques de Labatut ?
— Dupuy et moi.
— Et M. Dorléac ?

— Vous pensez bien qu'il n'était pas au parfum, sinon… rétorqua le jeune gardien qui lâchait ses informations comme un indic sachant qu'il sera payé en retour.

— Et Micheline Labatut ? Était-elle au courant ? persista Coustot.

— Comment ne l'aurait-elle pas été ? Quand l'alarme se déclenchait dans la nuit parce qu'un oreillard avait cru bon d'exciter les cellules électriques du système, elle était la première réveillée, croyez-moi ! Pour sûr que son mari lui avait dit qu'il désactivait « l'aboyeuse ». C'est comme ça qu'on avait baptisé l'alarme.

— Vous pensez que Labatut se serait pendu à cause de cette faute professionnelle ?

— Ça, plus les déceptions de la vie, c'était trop pour un seul homme. Il savait qu'il risquait sa place, que M. le conservateur ne lui aurait jamais pardonné d'avoir désactivé le système de détection. Et puis, on ne sait jamais ce qui se passe dans la tête de quelqu'un qui veut se flinguer !...

— Le suicide réussi est le seul péché mortel dont on ne puisse pas se confesser !

— C'est de vous, commissaire ? demanda Dorval d'un air narquois.

— Non, mais je ne sais plus qui a dit cela…

— De toute façon, Labatut ne croyait pas en Dieu. Pourquoi aurait-il voulu se confesser ?

— Parfois, il n'est pas inutile de soulager sa conscience, dire tout ce que l'on a sur le cœur ! Peu importe que ce soit à un représentant de Dieu, à un ami ou à quelqu'un qui vous en intime l'ordre.

Coustot considérait d'un œil froid son interlocuteur dont la tête s'enfonçait peu à peu entre les épaules.

— Je suis vraiment pressé, commissaire. Je dois y aller ! Ma femme m'attend.

— Vous êtes marié ?

— Enfin, disons que je suis à la colle avec une fille depuis maintenant six mois.

— Je serais presque tenté de croire que vous vous êtes rangé, monsieur Dorval... railla le policier dont l'imperméable humide sanglant son importante masse pondérale alourdissait plus encore la démarche.

Le jeune gardien tendit une main ferme à Coustot en guise d'au revoir.

— Rien ne vous autorise à penser le contraire, commissaire ! ajouta le gardien qui avait pris son air le plus canaille pour désarçonner l'homme de la PJ toulousaine.

Au *Pontié*, c'était l'heure de l'apéritif. L'orage avait converti la terrasse en un champ de bataille désert. Parasols repliés, chaises renversées, cendriers brisés. Coustot se dirigea donc vers le comptoir, commanda une bière blanche et, d'un coup d'œil circulaire, déplora l'absence des trois autres collègues de Dorval, pressés certainement, eux aussi, d'en finir avec ces « sales histoires ».

Serviette suspendue à son gilet, verre plein, fourchette à la main, Cantarel était confortablement installé à table quand Théo fit une intrusion remarquée dans la salle de restaurant de l'hostellerie de la famille Rieux. Il paraissait essoufflé, nerveux et contrarié d'avoir dû soumettre à la question Mlle Combarieu pour lui arracher le nom de la table où M. le conservateur entendait se garnir la panse.

— Je vous cherche partout, patron !

— Ben, voyez, Théo, je suis là !

Devant lui trônait une belle assiette de radis chauds au foie salé.

— Ça m'a l'air bougrement bon ! Qu'avez-vous donc commandé ?

— Un plat typique d'ici. C'est Hélène qui m'a fait découvrir cette spécialité dans un restaurant de Montparnasse. Au *Bourdelle*, vous connaissez ? Le chef est originaire d'Albi ! C'est tout simple à faire... Vous faites revenir des radis que vous coupez en rondelles dans une poêle avec de l'huile et, en parallèle, vous faites la même chose avec un foie salé. Vous mélangez les deux et vous déglacez la poêle au vinaigre. Vous poivrez et le tour est joué ! Vous voulez goûter, Théo ?

Trélissac ne se fit pas prier et, au frémissement de ses narines, il était évident qu'il allait sur-le-champ commander le même plat.

— Et vous arrosez déjà au gaillac, je présume ?

— Goûtez-moi ça, Théo !

Séraphin se saisit de la bouteille qui reposait dans un seau à glace et remplit le verre de son assistant :

— Domaine de Labarthe, une quarantaine d'hectares amoureusement cultivés par la famille Albert. Ils font un gaillac doux tout à fait exceptionnel.

Après avoir trempé ses lèvres dans ce nectar, Trélissac observa la bouteille plus en détail.

— Millésime 1950, vous l'avez fait exprès, patron ?

— ... Un peu... avoua Cantarel, la lippe gourmande.

— Merci, patron. Peut-être que je mérite votre délicate attention ?

— Allons bon ! Qu'avez-vous appris ce matin, mon cher Théo, de nature à me remonter le moral ?

Avec un sens de la précision et du suspense qui n'appartenait qu'à lui, Théodore raconta son échappée dans le jardin de Paul Dupuy et surtout montra la lettre anonyme.

— Anonyme, elle ne l'est pas ! conclut Séraphin en relisant le document plié en huit que son assistant lui avait soumis. J. J. ? Qu'est-ce qui se cache derrière ces deux initiales ? s'interrogea le conservateur en mâchant comme un initié ce gaillac doux qui excitait ses papilles autant que la missive de Théo avait mis le feu à son imagination.

— Ce Dupuy s'est embringué dans une sale affaire et il a des maîtres chanteurs au cul !

— Oui, sauf que la dette évoquée dans la lettre n'a rien d'explicite. Est-ce de l'argent ?...

— ... ou des tableaux ! avança Théo sur un ton mystérieux.

— Vous imaginez ce sourd, un peu ollé, ollé, prendre le risque de... Non, vous avez raison, c'est plutôt une histoire de fesses... Notez, Théo, que les auteurs de cette lettre sont au moins deux. Ils écrivent « Nous... » dans leur ultime avertissement.

— D'anciens amants de Dupuy ? avança Trélissac qui engloutissait ses radis chauds au foie salé avec un appétit proche de la goinfrerie.

— Que faisons-nous de cette lettre ? C'est une pièce à conviction pour le moins capitale ! renchérit Cantarel.

— À moins que ce ne soit un leurre échafaudé par Dupuy pour se disculper ?

— Vous lisez trop de romans policiers, Théo !

— L'historien de l'art que vous êtes m'a toujours appris : thèse, antithèse !

— Avocat du diable, vicieux, audacieux et d'une incorrigible curiosité : j'aime vos défauts, Théo !

— Pas autant que les radis chauds !

Les clients de l'hostellerie Rieux – ainsi parlaient les gens d'Albi pour désigner l'*Hostellerie Saint-Antoine* qui appartenait depuis des lustres à la famille Rieux dont le grand-père Jean avait été chansonnier dans les cabarets de Montmartre bien longtemps après que Toulouse-Lautrec eut disparu – semblaient manigancer, à coups de gaillac doux et de sourires entendus, un complot de la plus grande importance.

— Il faut sonder Coustot. Ce sera du donnant-donnant. S'il nous informe de l'avancement de son enquête, nous n'avons aucune raison de faire cavaliers seuls.

— Vous avez raison, Théo !

Leur appétit guère mis à mal, les deux hommes ne se satisfirent pas des radis chauds au foie salé de la maison Rieux, ils s'octroyèrent deux belles tranches de roquefort avec le fond de gaillac vinifié l'année de naissance de Trélissac. L'alliance était parfaite. En guise de desserts, la maîtresse de maison leur recommanda chaudement les gimblettes d'Albi, sorte de gâteaux secs en forme d'anneaux qui accompagnèrent leurs cafés.

— Très serré pour moi ! exigea Théo.

Séraphin but son arabica d'un seul trait et se mit à contempler le fond de sa tasse comme s'il lisait dans le marc de café.

Pour la première fois depuis le début du repas, les deux complices s'abandonnaient au silence de la réflexion.

L'œil rieur et les cheveux en bataille, Théo était un peu pompette, victime des voluptés distillées par le gaillac doux. Séraphin, quant à lui, ne parvenait pas à s'extraire de ses cogitations. Soudain, il observa à nouveau sa tasse en porcelaine, la sonda et déclara tout de go :

— J'y suis !

— Quoi, vous y êtes ? s'exclama Théo.

— J. et J. ! Et si c'étaient les fils Labatut ?

— Quels rapports ?

— L'un s'appelle Jules, l'autre Jean !

— Quel serait le mobile ? renâcla Théodore.

— Ce sont tous deux des fainéants qui aiment l'argent facile. Le chantage est une arme dont se servent les faibles. Pour entretenir leurs pépées, peut-être menaçaient-ils Dupuy de révéler son homosexualité ?

— Ouais, plausible… remarqua Théo en esquissant néanmoins une moue dubitative.

— Avouez que c'est une drôle de coïncidence ! souligna Séraphin.

— La lettre, quoique tapée à la machine, n'est entachée d'aucune faute ! Pour des billes, je les trouve plutôt finauds, ces frangins Labatut !

— Les corbeaux sont comme les pervers, ils font preuve d'une intelligence aiguë qui surprend toujours les magistrats !

— Vous les avez déjà vus, ces zigotos ?

— Ce matin, avant les obsèques… Enfin, si on peut parler d'obsèques. Il paraît que ce Labatut, on l'a enterré comme un chien galeux, sous une pluie battante. C'est ce que m'a dit Dorléac.

— Quelle allure ?

— Deux mafiosi de province ! L'un plutôt râblé, l'autre plus élancé. Ils portaient chacun un costume sombre mal taillé avec des souliers vernis et une gourmette, voyez le genre ! Ils faisaient pitié à voir en encadrant leur mère larmoyante.

— C'est assez misérable ! Le pauvre Labatut ne méritait pas une telle sortie de scène ! conclut Trélissac.

— Je partage votre avis, mon cher Théo. Du bureau de Dorléac, j'étais aux premières loges, même que l'ami Coustot, il n'en ratait pas une miette…

— Celui-là, il faut que vous ayez une discussion très serrée avec lui cet après-midi.

— Ne vous inquiétez pas, mon garçon !

Ils quittèrent l'hostellerie Rieux avant qu'une éclaircie n'incendie à nouveau les vieux toits d'Albi.

À l'entrée du palais de la Berbie, juste devant la loge de feu Labatut, Cantarel et Trélissac tombèrent nez à nez avec Dorléac, le pas pressé, mais le visage nettement plus serein que la veille.

— Cher confrère, je peux vous rassurer : j'ai eu ce matin au téléphone le conservateur de Marmottan. Il est revenu sur sa décision. Je lui ai dit que la sécurité du musée avait été renforcée et qu'un nouveau système d'alarme serait installé dans moins d'une semaine.

— Justement, j'ai obtenu du conseil municipal, hier soir, une subvention exceptionnelle qui devrait couvrir le nouvel investissement.

— Votre capacité à convaincre fera de vous, j'en suis sûr, le prochain maire d'Albi !

Jean Dorléac haussa les épaules.

— Que Dieu m'épargne cet honneur ! Comment puis-je vous remercier, cher ami, de votre intervention ?

— Tout cela me paraît assez naturel… répondit Séraphin, qui en profita pour glisser à l'oreille de Dorléac le montant de la dotation arrachée de haute lutte auprès de la rue de Valois pour « modernisation des installations du système de protection des œuvres du musée Lautrec ».

Une enveloppe au montant dérisoire, mais le Centre Pompidou et le musée Picasso avaient eu raison des largesses de l'État.

Le conservateur d'Albi se confondit une nouvelle fois en remerciements et s'apprêtait à regagner son bureau quand Mlle Combarieu hurla de sa fenêtre du second étage :

— Monsieur Cantarel, on vous demande au téléphone !

Séraphin ne prisait guère ces coups de fil intempestifs. Il fut rassuré quand la vieille fille crut bon de préciser :

— … C'est Mme votre épouse au téléphone !

Dorléac afficha un petit sourire entendu que relaya à sa manière Théo.

Comme pour s'excuser de cet aparté extraprofessionnel, Cantarel se justifia avec un trait d'humour :

— Ma femme est archéologue. Plus je vieillis, plus elle s'intéresse à moi !

5

Bateaux dans le port de Honfleur (1917), *Le Pont japonais à Giverny* (1923), *La Cabane du douanier à Varengeville* (1897), *La Cathédrale de Rouen* (1894), *Champ d'iris à Giverny* (1887), *Champ de tulipes en Hollande* (1886), *Portrait de Poly, pêcheur à Belle-Isle* (1886), *La Plage d'Étretat* (1883), *Le Pont de l'Europe, gare Saint-Lazare* (1877), *Train dans la neige* (1875), *Le Port du Havre sous la brume* (1872), *Les Nymphéas, La Maison de Giverny sous les roses* (1922)... Les œuvres de Claude Monet défilaient sous les yeux clairs, et toujours enclins à s'émerveiller, de Jean Dorléac.

Le catalogue *Monet à Albi* était enfin prêt. Dans un mois, toutes ces toiles seraient sous les voûtes du palais de la Berbie. Ce serait la plus belle et la plus retentissante exposition jamais organisée au musée Toulouse-Lautrec. Dorléac en concevait une certaine fierté, entachée néanmoins par la disparition des deux Lautrec dont se repaissait la presse nationale. *Le Figaro* avait en effet dépêché à Albi son spécialiste des arts alors qu'un reporter de Radio Monte-Carlo croyait savoir que la paire de tableaux était déjà en

Italie… Les spéculations les plus fumeuses couraient dans les rédactions et le conservateur albigeois en était réduit à cette explication laconique : « L'enquête suit son cours. J'ai toutes les raisons de faire confiance à la police. Dans quelques semaines, les deux tableaux recouvreront leur place dans notre musée, j'en suis convaincu. »

Cantarel ne partageait pas le même optimisme et Fernand Coustot ne se révélait guère plus loquace sur les avancées de ses investigations.

De son stylo plume, Dorléac biffa une légende qu'il remplaça par une phrase plus courte et tout aussi explicite. L'ancien journaliste n'avait jamais été aussi pointilleux que depuis qu'il s'était mis en réserve de la république de l'information écrite.

Il décrocha son téléphone pour signifier à Mlle Combarieu que les épreuves du catalogue étaient définitivement corrigées. Elle pouvait donc les envoyer à l'imprimeur de Neuchâtel, grand spécialiste de la reproduction sur papier des plus grands chefs-d'œuvre de la peinture.

— Ah, monsieur le conservateur, Mme Labatut est dans mon bureau, elle demande à vous voir. Pouvez-vous la recevoir ?

Dorléac marqua un silence avant d'accepter.

Une jupe en Tergal gris, surmontée d'un pull-over mauve à grosses mailles d'où émergeait un collier de pacotille, Micheline Labatut affichait la sobriété vestimentaire de circonstance. Elle avait déjà renoncé au noir du veuvage pour des tons plus atténués. Elle ne portait ni manteau ni fichu. Il est vrai qu'elle n'avait eu que la cour d'honneur du palais à traverser.

— Merci de me recevoir, monsieur le conservateur, dit Micheline Labatut en s'asseyant du bout des fesses dans l'un des deux fauteuils Louis XIII.

La veuve lissait ses longues mains comme tout individu ne sachant comment exprimer sa requête.

— La mort prématurée de votre époux vous met, je le comprends, en difficulté. Nous allons devoir sans délai recruter un nouveau concierge. Croyez bien, chère madame, que je suis franchement désolé de devoir vous…

— C'est justement pour cela que je souhaitais vous voir, monsieur le conservateur…

— Je vous écoute.

— Après ce grand malheur, je suis anéantie. Je n'ai plus de toit et mes enfants refusent de m'aider. Quelle ingratitude ! Néanmoins, j'ai un ami, bien de sa personne et avec des gages de sérieux et d'honnêteté, qui, peut-être, pourrait remplacer mon regretté mari…

— Un ami, dites-vous ?

— Oui, monsieur… Une de mes connaissances. Un ancien adjudant de l'armée. Très rigoureux. Toujours bien mis et cultivé avec ça !…

— Où habite-t-il actuellement ?

— Dans une maison de la vieille ville, près du Tarn…

— La décision ne m'appartient pas totalement. Vous savez, madame Labatut, que le musée est propriété de la ville, et le conseil municipal a son mot à dire en la matière.

— Je comprends, monsieur le conservateur… soupira la veuve en hochant la tête.

— En tout état de cause, votre « ami » devra faire acte de candidature de façon très officielle.

Micheline Labatut baissa les yeux comme si cette démarche allait de soi. Elle fit alors rouler les breloques de son collier au bout de ses doigts dont les ongles étaient couverts d'un vernis transparent.

— Je ne peux, hélas, rien vous promettre.

— … Je comprends, répéta la quinquagénaire qui avait pris soin de poudrer ses joues pour être, avait-elle dit à Mlle Combarieu, « plus présentable ».

Avant de quitter le bureau du conservateur, une nouvelle fois, Mme Labatut se confondit en remerciements.

À peine l'épouse de l'ancien concierge avait-elle rejoint sa loge que Mlle Combarieu demanda, à son tour, audience à son supérieur hiérarchique.

— Monsieur Dorléac, il n'est pas dans mes intentions de me mêler de ce qui ne me regarde pas, mais tout de même, j'ai cru comprendre que Mme Labatut était venue vous demander de conserver son logement en vous proposant d'embaucher son amant. Le cadavre de son mari est encore chaud dans son cercueil que cette garce a le toupet de venir placer son protégé !

— Je vois, mademoiselle, que vous nourrissez à l'égard de Mme Labatut une hostilité à laquelle vous ne m'aviez pas habitué…

— Monsieur le conservateur, cette femme est une traînée. Tout Albi est passé dessus ! Enfin, vous voyez ce que je veux dire… Le pauvre René, il portait de belles cornes ! S'il s'est pendu, elle y est certainement pour quelque chose ! Et puis, c'est une comédienne doublée d'une sacrée menteuse !

— Elle n'a donc aucune grâce à vos yeux ?

— Si, je dois lui reconnaître des talents de cuisinière, même si elle ne m'a jamais invitée chez elle… Quand on passe devant la loge sur les coups de midi, ça sent toujours bon, n'est-ce pas ?

Jean Dorléac acquiesça en se pourléchant les babines. En réalité, les coucheries de Mme Labatut l'intéressaient assez peu, mais la colère de sa secrétaire lui sautait à la gorge. Peut-être n'était-il pas assez lucide à l'égard du personnel qui régissait la vie du palais de la Berbie ? Lautrec, lui-même, n'aurait pourtant pas détesté avoir pour femme de concierge une donzelle qui ne s'embarrassait pas de vertu. À y regarder de plus près, excepté le teint de sa chevelure, cette Micheline ressemblait étrangement à Carmen Gaudin, un des modèles préférés de Toulouse-Lautrec. « Elle est bath ! Ce que j'aime en elle, c'est son côté carne ! » ne cessait de répéter le peintre de celle qu'il coucha, à maintes reprises, sur sa toile. Jamais la ressemblance ne lui était apparue aussi flagrante. Quand Miss Combarieu eut quitté son bureau, à peine rassurée, Dorléac se trouva, tout à coup, trop à l'étroit dans son musée. Les rosiers du jardin de la Berbie lui tendaient leurs pétales odorants. Il ne lui restait plus qu'à s'abandonner à une petite promenade dans ses allées.

En passant devant la conciergerie, un délicat fumet de navarin au mouton titilla ses narines. À ce sujet, il partageait le point de vue de sa secrétaire. La veuve Labatut était une cuisinière hors pair. Son nouveau galant devait aimer, lui aussi, la bonne chère. Qui pourrait songer à le lui reprocher ?

Sous la tour clocheton dominant les jardins et qui faisait naguère la jonction entre les deux chemins de ronde, deux silhouettes tenaient conciliabule. Dorléac reconnut Coustot devisant avec Séraphin Cantarel. Par discrétion, le conservateur s'apprêtait à faire demi-tour quand le commissaire le héla.

— Venez nous rejoindre, la vue est superbe et votre palais plein de surprises !

L'ironie de Coustot n'était pas de bon augure.

— Je voudrais vous entretenir de deux ou trois points qui certes vont gâcher cette belle journée de printemps, mais il est des réalités, monsieur le conservateur, qu'il vaut mieux voir en face.

Cantarel se taisait. Il avait su faire de Coustot un complice et n'entendait pas, face à son confrère, jouer les redresseurs de torts :

— … Nous avons désormais acquis la conviction que le système d'alarme n'avait pas été enclenché la nuit du cambriolage. Le fait connaissait des précédents depuis quelques jours déjà… Labatut avait pris cette décision avec, semble-t-il, la complicité du veilleur de nuit, le fameux Dupuy qui s'est évanoui dans la nature, car, paraît-il, le système se déclenchait de façon intempestive au passage de chauves-souris devant les détecteurs…

— Bon Dieu ! s'écria Dorléac, furieux.

— On peut légitimement penser que le suicide de Labatut est en lien direct avec cette faute professionnelle, ajouta Coustot. Mais ce n'est peut-être pas un motif suffisant…

— Que voulez-vous dire ? demanda le conservateur albigeois.

— Labatut était un homme régulièrement cocufié par une femme volage, vous étiez au courant ?

— Pour tout vous dire, commissaire, je viens de l'apprendre de la bouche de ma secrétaire…

— Vous manquez sacrément de curiosité, monsieur Dorléac, surtout quand il s'agit, en l'espèce, d'un concierge. Par définition, il sait tout sur tout. À vous d'en savoir autant que lui…

— La connaissance par le trou de la serrure de la vie privée de chacun ne fait pas partie de mes attributions.

— Je vous le concède, mais si vous aviez eu cette curiosité toute malsaine, vous sauriez que deux de vos gardiens couchaient ensemble.

Décontenancé, Dorléac écoutait avec circonspection ce qu'il aurait considéré jusqu'alors comme des ragots malveillants. Dans la bouche du commissaire, cet inventaire à la Prévert des mauvaises mœurs avait une résonance autre.

— Vous êtes en train de m'expliquer, commissaire, que Dorval et Dupuy partageaient le même lit ? Ça alors…

— N'était-ce pas Paul Dupuy qui vous avait demandé d'engager le jeune Dorval ? insista le policier.

— Si… Si… convint Dorléac, incrédule.

— Jusqu'alors, rien de vraiment répréhensible si tout cela relevait d'une vraie histoire d'amour entre deux êtres, fussent-ils du même sexe, concéda l'homme de la PJ.

Séraphin cilla comme pour approuver le raisonnement du policier.

— Or je crois que les rapports entre votre veilleur de nuit et son collègue de jour, le séduisant Gérard, reposaient sur la vénalité du second.

— J'ai du mal à…

— Je sais, tout cela est un peu éloigné de vos valeurs, monsieur le conservateur, mais la vie est ainsi faite ! Aviez-vous remarqué un comportement curieux chez Dupuy ces dernières semaines ?

— Il fallait parler moins fort quand on s'adressait à lui, mais davantage articuler. Sa surdité devenait un sérieux handicap.

— Vous semblait-il tendu, anxieux ?

— Nous ne faisions que nous croiser, commissaire. Quand il prenait son service, j'avais déjà quitté le musée.

— À quelle heure prenait-il la relève ?

— À 20 heures l'hiver et à 22 heures l'été.

— Le soir du vol, qui relevait-il ?

— Dorval.

— Comme par hasard !

— Vous voulez dire que Dupuy serait l'auteur du… balbutia Dorléac.

— … ou bien le complice d'un tiers, ce qui n'exclut pas que Dorval soit le complice du complice…

Cantarel souriait à présent tellement les supputations du policier étaient, aux yeux de Jean Dorléac, abracadabrantesques.

Séraphin prit alors le relais de Coustot :

— Monsieur Dorléac, est-ce qu'un jour, vous avez surpris Dupuy ou Dorval en discussion avec les fils Labatut ?

— Je ne saurais vous dire, monsieur le conservateur.

— Réfléchissez, Dorléac, c'est important ! renchérit Coustot qui tapotait sa Gitane sans filtre sur le plat de son paquet avant de la soumettre à son briquet Bic.

— Non, très sincèrement, je n'ai pas souvenir de les avoir aperçus ensemble.

Assailli de questions, confronté à des mœurs qui lui étaient étrangères, Dorléac eut recours une nouvelle fois à sa pochette blanche pour éponger son front humide. Il demanda à Cantarel l'autorisation de s'asseoir sur l'un des bancs en bois qui jalonnaient l'ancien chemin de ronde. Séraphin l'imita alors que Fernand Coustot essayait de lire quelques-uns des graffitis gravés à même la brique.

— Bien, bien… poursuivit le policier qui aurait préféré une autre réponse.

— Commissaire, j'ai eu encore ce matin M. le maire au téléphone. Il veut savoir à tout prix ce que pense la police.

Coustot se racla la gorge avant de lâcher, sans ciller, une phrase qui se voulait définitive :

— Vous direz au premier magistrat d'Albi que la police doute fortement de l'intégrité et de la probité du personnel de son musée !

Sûr de son effet, Coustot les abandonna sur leur banc et alla fumer sa cigarette non loin de la cabane où les voleurs avaient décadenassé l'échelle qui leur avait permis d'orchestrer leur cambriole. Dans l'herbe tendre, parmi les hortensias et les rosiers grimpants, le policier quêtait le moindre indice, mais ses collaborateurs avaient déjà sérieusement ratissé les lieux.

Le commissaire profita de son éloignement pour satisfaire un besoin pressant. Sans se concerter, Dorléac et Cantarel pensèrent à la même chose. Coustot devait être un homme de la terre, il aimait pisser sous les étoiles ou au pied des rhododendrons.

Le lendemain matin, Mlle Lysiane ne parvint pas à réveiller M. Cantarel. Trois, quatre, puis cinq sonneries de téléphone ne suffirent pas à l'extraire de son sommeil. Fallait-il qu'il soit mort de fatigue ! À moins qu'il n'ait déserté sa chambre dès potron-minet pour jouir des premières lueurs de l'aube sur les eaux tamisées du Tarn ? En désespoir de cause, l'employée de la maison Rieux réveilla son assistant :

— C'est pour M. le conservateur. Il ne répond pas. Alors, j'ai pensé que c'était peut-être important. C'est un certain M. Coustot…

Pris au saut du lit, Théo avait une voix affreusement rauque :

— Oui, commissaire, que puis-je faire pour vous ?

— Je cherche à joindre votre patron : on a retrouvé les tableaux. Enfin, leurs cadres !…

— Qu'est-ce que vous dites ? marmonna Trélissac, décidément mal réveillé.

— Je suis en train de vous expliquer, jeune homme, que l'on a retrouvé les encadrements de trois Toulouse-Lautrec…

— Jusqu'à preuve du contraire, on n'a volé que deux tableaux ! persista Théo.

— Oui, mais je me tue à vous expliquer que seuls les cadres ont été saisis… sans les toiles.

— Mais pourquoi me parlez-vous de trois tableaux ?

— Que diable, ouvrez vos écoutilles, je sais bien qu'il est tôt, mais tout de même ! La police andorrane vient de mettre la main, vous dis-je, sur trois cadres identifiés comme provenant du musée Toulouse-Lautrec, dont deux ont les dimensions des tableaux que nous recherchons.

— Et le troisième alors ?

— Pour l'instant, c'est un mystère !

— Et les toiles ?

— Elles ont été dégrafées avec soin. Du travail de pro, visiblement…

— À cette heure-ci, elles sont déjà en Espagne, peut-être même au Maroc… supputa Théo, agacé.

— C'est pas exclu, grommela Coustot à l'autre bout du téléphone.

— Où les a-t-on retrouvés ?

— Dans le coffre d'une SM noire, immatriculée dans l'Aude, mais c'étaient des fausses plaques.

— Une Citroën SM ? La plus rapide des routières. 225 kilomètres/heure chrono !

— Elle était garée depuis quatre jours sur le parking d'un supermarché aux Escaldes, juste avant d'arriver à Andorre-la-Vieille, vous connaissez ?

— Pas vraiment… Mais quand j'étais étudiant, j'écoutais Sud-Radio. Cette station émet depuis l'Andorre. Alors, les Escaldes, cela me dit vaguement quelque chose. Comment êtes-vous sûr que ces cadres viennent bien du musée d'Albi ?

— Puisque je vous ai dit qu'ils sont estampillés Toulouse-Lautrec, vous êtes buté, Trélissac ! De toute façon, j'ai demandé à la gendarmerie d'Ax-les-Thermes de les rapatrier à Albi pour identification.

— C'est une sage décision ! commenta Théo.

— Merci de votre approbation, jeune homme ! lâcha Coustot qui n'appréciait que modérément les audaces et parfois l'impertinence de l'assistant de Cantarel.

Théo resta muet un instant au téléphone.

Indiscret, un soleil de printemps tentait une intrusion par les persiennes de la chambre d'hôtel, dessinant des lames de lumière éclatantes sur son torse nu. Depuis l'adolescence, Théo n'avait jamais pu dormir autrement que nu. Été comme hiver.

— Vous êtes là, Trélissac ?

— Oui, oui, commissaire…

— Faites-moi le plaisir de boire un café et de mettre la main sur votre patron. Lautrec est en train de nous rendre tous fous !

Coustot raccrocha comme il avait réveillé Théo. En aboyant.

Séraphin Cantarel était introuvable. À l'évidence, il avait déserté sa chambre. Personne ne disait l'avoir vu à l'hôtel, pas plus qu'au musée. Où diable furetait-il ? Théo n'était pas homme à s'inquiéter, mais tout de même. Il alla frapper à la porte de la conciergerie et trouva Mme Labatut en nuisette. Peu farouche, elle incita Théodore à ne pas rester sur le pas de la porte.

— Voulez-vous un café ? Je viens juste de le faire.

Trélissac accepta. Le spectacle qu'offrait cette femme entre deux âges n'était pas déplaisant. Une peau encore très ferme, des grains de beauté constellant le haut du dos, des seins galbés, des hanches généreuses mais sans trop. Micheline Labatut se promenait ainsi dans sa minuscule cuisine sans la moindre pudeur.

Sur la table en Formica vert pâle elle déposa un bol qu'elle remplit copieusement d'un café très noir :

— Alors, comme ça, vous avez perdu votre patron ?

— Oh, rassurez-vous, je n'ai encore jamais vu M. Cantarel se perdre dans un musée ! Il doit fouiner quelque part… Il faut dire qu'ici, à la Berbie, il s'en passe des choses étranges…

— Étranges, étranges ? Ce n'est pas la première fois qu'un musée est dévalisé, répliqua-t-elle d'un air désinvolte.

— Pourquoi n'avez-vous pas dit au commissaire Coustot que votre mari débranchait parfois le système d'alarme quand les chauves-souris menaient la danse ?

Piquée au vif, Micheline Labatut se réfugia derrière une porte et réapparut aussitôt sanglée dans une robe de chambre d'un rose fané. Manifestement, elle avait renoncé à son numéro de charme. On n'amadouait pas le petit Théo avec du miel.

— Ne m'en parlez pas ! Il a suffi d'une fois pour que…

— Ce n'était pas la première fois que le système d'alarme était mis hors service. Votre mari savait bien qu'il se mettait en porte-à-faux avec les consignes de sécurité du musée…

— Oui, je le lui ai dit souvent, mais il n'en faisait qu'à sa tête ! C'était, des fois, une vraie tête de mule, mon René !

— C'est comme ça que vous l'aimiez, n'est-ce pas ? insista Théo avec la fausse naïveté dont il abusait parfois.

— Bien sûr que je l'aimais, vous en avez de ces questions !

— Non, je dis ça parce qu'il y a des mauvaises langues parmi le personnel du musée qui prétendent que vous le trompiez régulièrement…

— Qui vous a dit ça ? clama la veuve dont le visage s'était soudain épaissi.

— Ils sont plusieurs et tiennent tous à garder l'anonymat.

— Qu'ils se mêlent de leurs fesses ! ragea Mme Labatut qui, du coup, ne trempait plus ses lèvres pulpeuses dans son bol de café.

— Vous savez le bruit qui court entre ces murs depuis quarante-huit heures ? lança Théo comme pour aiguiser davantage la curiosité de son interlocutrice.

— Je préfère ne pas savoir !

— Vous avez raison, il y a des gens qui en veulent à votre bonne humeur et à votre générosité de… cœur !

— Qu'est-ce qu'on dit sur moi ? se ravisa Micheline en rapprochant d'une main les deux pans de sa robe de chambre afin de dissimuler une poitrine par trop provocante.

— J'ose à peine vous le dire : il se murmure que vous faites des pieds et des mains auprès de M. Dorléac pour placer votre nouvel amant comme futur gardien du musée. Histoire de garder votre place au chaud !

— Comment peut-on inventer pareilles sornettes !

La malheureuse avait enfoncé sa tête au creux de ses mains. Ses ongles peints cachaient ses larges yeux qu'elle embruma sans avoir recours aux petits oignons frais qui relevaient souvent sa cuisine.

Piètre comédienne, Micheline ne parvenait pas à apitoyer Théo Trélissac, d'autant qu'en explorant du regard la loge du concierge, le garçon avait observé que la porte de la chambre était négligemment entrebâillée, le lit défait. Une invitation peut-être ?

Par le truchement de l'armoire à glace, Théo n'avait pas manqué de remarquer, posée à même le dossier d'une chaise mal rempaillée, une chemise couleur kaki.

Théo emprunta une mine contrite et compatissante. Il remercia Mme Labatut pour son café très fort, mais très bon.

— Vous lui direz à M. Dorléac que je suis une femme honnête...

— Comptez sur moi, madame...

La veuve raccompagna Théo jusqu'au seuil de la loge.

— Ah, j'oubliais quelque chose, madame Labatut...

Trélissac sortit alors de la poche intérieure de son blouson en daim une enveloppe pliée en deux.

— Est-ce bien l'écriture de votre mari ?

Les lèvres de la femme se mirent à trembler sans que cela, cette fois, puisse être mis sur le compte de la comédie.

— Où avez-vous trouvé cette enveloppe ? demanda-t-elle, fébrile.

— Vous reconnaissez bien son écriture ? insista Trélissac

— Oui, oui, dit-elle d'un ton mal assuré.

D'une écriture appliquée, scolaire, on pouvait lire sur une seule et même ligne :

Il faut que vous sachiez...

— J'ai trouvé cette enveloppe hier dans les réserves du musée, glissée entre deux cartons à lithographies, pas très loin de là où votre mari s'est...

La femme porta sa main droite à la bouche, comme si elle allait soudain vomir.

Dans un geste de compassion, Théo lui prit alors le poignet :

— Je vous rassure, madame Labatut, l'enveloppe était vide !

L'assistant de Cantarel replia précautionneusement l'enveloppe, la glissa dans son blouson, remonta la fermeture Éclair jusqu'au col avant de remercier, une nouvelle fois, Mme Labatut pour son café.

Jamais la veuve de l'ancien concierge du musée Toulouse-Lautrec n'avait aussi bien porté le nom de son défunt mari. Il faudrait bien toute la virilité de son nouvel amant pour mettre un peu de rose sur ses joues.

6

Une odeur d'eau de Javel habitait les lieux plongés dans une obscurité épaisse. Pas la moindre trace de désordre. Tout était soigneusement rangé, chaque bibelot à sa place. Seuls un ficus et deux orchidées souffraient cruellement de cette absence de lumière, fallait-il que le propriétaire ait peu la main verte ou soit parti pour un long voyage pour leur infliger une telle agonie ! Une fine pellicule de poussière recouvrait le marbre de la cheminée où une pendule rococo refusait de compter le temps.

La maison de Paul Dupuy était une bonbonnière tapissée de tentures, d'objets de pacotille. Un théâtre baroque, fait de stucs, de médiocres copies, de meubles désaccordés, de tapis élimés, de girandoles dépareillées, de photos de stars encadrées comme des portraits de famille. Il y avait là, habillés dans des cadres en feutrine, suspendus aux murs ou meublant des étagères, Alain Delon dans *Rocco et ses frères*, Jean-Paul Belmondo dans *À bout de souffle*, Marlon Brando dans *Un tramway nommé Désir*, Jean Marais, Rock Hudson, Paul Newman ou encore Steve McQueen dont le bleu acier des yeux dérangeait le visiteur.

Le commissaire Coustot n'avait eu aucun mal à obtenir du procureur de la République un mandat de perquisition au domicile de Paul Dupuy. L'homme avait mystérieusement disparu sans la moindre explication au lendemain du vol des Lautrec et personne dans le quartier ne l'avait revu.

Son portrait circulait à présent dans les gendarmeries du Midi. Son unique sœur qui vivait à Menton disait n'avoir aucune nouvelle de lui. Son dernier coup de fil remontait à un mois. « Il devenait de plus en plus dur de la feuille, mais il avait une bonne voix », certifia la dame d'un ton poli, pourtant étrangement inquiet.

— Paul me téléphone une fois par mois, le dimanche sur le coup de midi. Il est très discret sur sa vie privée. Il est content de sa place au musée. Le fait de travailler la nuit ne le dérange pas, ça lui laisse la journée libre pour faire autre chose…

— Que fait-il d'après vous ?

— Je ne sais pas, moi. Il aime beaucoup la nature…

— Vous connaissez ses relations ?

— Pas du tout. Je ne vais jamais à Albi. C'est lui qui vient chaque année à Menton. À Pâques et début septembre…

— A-t-il une petite amie ? demanda Coustot sur un ton faussement naïf.

— Je ne saurais vous dire, monsieur le commissaire. Petit Paul, on l'a toujours appelé « Petit Paul » car je suis l'aînée et, comme vous savez, il n'est pas très grand…

— Pensez-vous que quelqu'un peut lui en vouloir ?

— Vous êtes en train de me dire qu'il est arrivé un malheur à mon Petit Paul ?

— Je l'ignore, madame. Mais sa disparition subite nous préoccupe. Si vous recevez de sa part le moindre appel, la moindre lettre, faites-nous signe…

Déçu par si peu d'indices, outre la lettre de menaces recueillie par Théo Trélissac, Coustot avait demandé l'autorisation au parquet de perquisitionner la demeure de Dupuy. Peut-être pouvait-elle révéler quelques pistes ?

Le commissaire et deux de ses sbires ouvrirent en grand les persiennes, éclaboussant de lumière la maison endormie.

— Ça sent la naphtaline, patron ! déclara l'un d'eux.

— Ah, c'est bien une baraque de tarlourze ! renchérit le second.

Fernand Coustot restait insensible à ces lieux communs, furetant dans tous les recoins, fouillant bahuts et armoires. Dans la salle à manger qui faisait aussi office de salon, il y avait une bibliothèque où l'on distinguait, outre un Bénézit[1] de 1973, plusieurs ouvrages sur Toulouse-Lautrec. Le policier toulousain parcourut les dos des livres rangés avec soin : *Henri de Toulouse-Lautrec*, Maurice Joyant, volumes I et II ; *Autour de Toulouse-Lautrec*, Paul Leclercq ; *Notre oncle Lautrec*, Mary Tapié de Céleyran, Genève ; *Il y a cent ans, Henri de Toulouse-Lautrec*, Georges Beauté et Mary Tapié de Céleyran, Genève ; *La Vie de Toulouse-Lautrec*, Henri Perruchot ; *Lautrec*, Jacques Lassaigne.

Décidément, rien de la vie de Lautrec n'était étranger à Paul Dupuy, à supposer toutefois qu'il ait lu chacun de ses livres… Le commissaire se saisit de l'un d'eux, feuilleta les pages. En guise de signets, il y avait des pétales de fleurs des champs dont le temps avait fané les couleurs. Certains paragraphes étaient soulignés au crayon à papier.

1. Dictionnaire recensant les artistes peintres, sculpteurs, dessinateurs et graveurs du monde entier. (*N.d.A.*)

Dorléac prétendait que Dupuy était le plus érudit de ses gardiens. La bibliothèque du mystérieux disparu attestait de cette soif de connaissances sur ce génie de Lautrec. Pour cet homme sans diplômes, ce n'était pas le moindre des privilèges que de veiller sur les œuvres du maître.

Seule la chambre de Dupuy renseigna un peu le policier sur la double vie de Petit Paul dont Madeleine, la sœur installée sur la Riviera, ne semblait rien savoir. Dans le tiroir d'une commode, un album de photographies réunissait des clichés de Paul enfant, des photos de vacances en noir et blanc et quelques prises de vues réalisées sans grand talent avec un Kodak Instamatic. On y voyait Dupuy, jeune homme toujours élégant, tenant par l'épaule des garçons de son âge, ou légèrement plus jeunes, fiers de poser devant l'objectif. Il y avait aussi, pêle-mêle, des clichés de femmes aux lèvres nacrées de rose, la chevelure blonde, légèrement bouclée avec de grands cils abritant des yeux en amande. Était-ce Madeleine ? Il y avait comme un air de famille. À moins qu'il ne s'agisse de Paul travesti en Marilyn ? Le doute était permis…

Parmi ces photos soigneusement glissées sous un calque plastifié, Coustot crut reconnaître Gérard Dorval, bronzé, enroulant son bras gauche autour du cou de Petit Paul. La photo avait été prise à Nice, sur la promenade des Anglais. Le dôme du *Negresco* était largement reconnaissable.

Menton était à un saut de puce de Nice, il était évident que la sœur de Dupuy ne pouvait pas ignorer les goûts de son petit frère. Pourquoi s'était-elle tue ? Et si la grande sœur couvrait la disparition de son frère ? Fernand Coustot détestait la Côte d'Azur. Il missionnerait donc un de ses confrères pour s'assurer que cette veuve de colonel (le militaire de carrière qu'elle avait épousé avait été froidement abattu, treize ans plus tôt, dans une rue d'Alger par les hommes du FLN) n'abritait pas chez elle le suspect disparu.

Avec un plaisir jubilatoire, du bout de ses doigts boudinés, le policier caressa les vêtements féminins qui encombraient l'armoire à glace faisant face au lit de Dupuy. À côté de deux costumes sombres, d'un blazer bleu marine et d'un lourd manteau gris en laine, s'alignaient des robes en soie aux tons chatoyants, des caracos, des gaines-culottes, des bustiers, des soutiens-gorge, des bas et des collants.

Un inconnu aurait pu facilement imaginer une femme dans la vie de Paul Dupuy. Personne n'avait jamais vu la moindre silhouette féminine franchir le seuil de la maison du Puits-Vert. « Pas même sa sœur dont il parlait souvent sans que l'on sache vraiment si elle existait ! » C'était Margot, la voisine, qui avait confié ses impressions au commissaire.

— M. Dupuy ? C'est le plus gentil des hommes. Poli, courtois, avec toujours une délicate attention… Souvent il m'offre des fleurs de son jardin.

— Il recevait fréquemment chez lui ?

— En vérité, il n'y a jamais grand monde chez lui. Parfois un de ses copains qui vient le voir à la tombée de la nuit. Non, non, c'est un monsieur très discret et très cultivé, vous savez, il travaille au musée Lautrec à Toulouse…

— Vous voulez dire au musée Toulouse-Lautrec d'Albi ?

— Enfin, si vous voulez, j'ai toujours cru que cet obsédé de Lautrec était de Toulouse… Enfin, peu importe, je crois qu'il a une belle place, non ?

— Il est gardien, répondit Coustot, laconique.

Margot parut déçue devant l'affirmation sans appel du policier.

— Il ne lui est rien arrivé de grave, j'espère ?

— On ne sait pas, madame. On le cherche…

— Vous le cherchez ? C'est vrai que cela fait bien plus d'une semaine que je ne l'ai pas revu. Mais, vous savez, le week-end, il filait souvent avec deux grosses valises comme s'il partait en voyage pour deux mois. Et le lundi, il était de retour. J'ai jamais su ce qu'il trimbalait dans ses valises…

— Des vêtements, tout simplement, dit Coustot.

— Il doit avoir une sacrée garde-robe alors ? ricana la vieille femme. Au fait, comment on dit pour les hommes qui ont beaucoup de vêtements ? Vous qui êtes instruit, commissaire ?

— Je crois qu'il n'y a pas de mot dans la langue française…

— Ah, alors il faudra en inventer un ! s'exclama la voisine qui soudain s'éclipsa derrière son rideau en billes de bois.

Puis sa voix surgit à nouveau du fond de sa cuisine.

— Vous m'excuserez, inspecteur, mais un gigot d'agneau dans le four, ça n'attend pas !

La perquisition n'avait rien révélé d'extraordinaire, rien que Coustot ne sût déjà. Néanmoins, le profil de Dupuy s'affinait. Entre Lautrec et le gardien de nuit, des similitudes s'esquissaient, à commencer par la taille. Si le premier était atteint de nanisme, le second toisait à 1,61 mètre. Bien sûr, l'extrême fragilité du système osseux du peintre était autrement plus handicapante que la surdité de Paul, mais les deux traînaient leur infirmité depuis leur naissance et ne pouvaient espérer la moindre guérison, ni même une légère amélioration.

Ils avaient également en commun le goût du travestissement. Toulouse-Lautrec aimait par-dessus tout à se déguiser en femme. Ainsi imitait-il régulièrement la danseuse du *Moulin-Rouge*, Jane Avril. Il lui empruntait son chapeau à plume, sa cape ainsi que son boa. Mais il aimait aussi se travestir en samouraï, en laquais chinois ou en pierrot lunaire. En revanche, la passion dévorante pour le sexe féminin qu'éprouvait Lautrec n'avait d'égal que l'intérêt que portait Dupuy au genre masculin.

Le petit Henri n'avait aucun scrupule à se baigner nu dans les eaux de la Marne et affichait son corps difforme auprès des dames chapeautées, prisonnières de leurs belles toilettes à la terrasse des guinguettes. L'occasion de montrer que la nature qui l'avait si mal façonné s'était rachetée en le dotant d'un attribut viril hors norme. Le petit Paul pouvait-il prétendre à un organe aussi développé ? La réponse, en tout cas, ne se lisait pas parmi les rares correspondances (essentiellement des cartes postales) sur lesquelles Coustot et ses collaborateurs avaient mis la main.

Le panthéon de Petit Paul se limitait à quelques acteurs de cinéma au physique avantageux dont les portraits avaient été découpés dans *Cinémonde, Paris Match* ou *Jours de France*. L'album photographique n'était guère riche, aucune lettre d'amour ne figurait dans le petit secrétaire fermé à clef dont l'assistant de Coustot avait cru bon de forcer la serrure.

— Je suis sûr qu'il y a des lettres cochonnes dans ce meuble de gonzesse ! pestait le jeune policier fébrile.

Dans le tiroir de la table de nuit, le commissaire avait dégoté un flacon sur lequel était écrit à la main

« 2 gouttes chaque soir, dans chaque oreille », une gourmette en argent massif avec un prénom gravé en italique : *Jean-Jacques* et, au dos, une date de naissance : 6 août 1947. Coincée au fond du tiroir, une carte de visite au nom d'un magasin d'antiquités de Port-Vendres : *Le Grenier du voyageur*.

Puis un fatras de papiers jaunis, une paire de boutons de manchette, une vieille montre Kelton, des factures d'hôtels à Saint-Jean-de-Luz, Royan, Collioure, un ticket du musée du Louvre, un titre de transport SNCF Albi-Bordeaux, une note de restaurant, rue Sainte-Anne à Paris, et une pochette d'allumettes siglée au nom d'une boîte de nuit toulousaine : *La Cochinchine*, rue de la Pomme. Au dos était griffonné un numéro de téléphone. Le commissaire glissa quelques-uns de ces vieux papiers dans une grande enveloppe et demanda à ses adjoints de replonger la maison dans la pénombre. Les volets claquèrent, la lourde porte grinça, les plantes d'intérieur étaient condamnées à une mort certaine.

Dans le jardin, des herbes folles s'étaient emparées des petites allées où le gravier s'était fait rare, seuls des iris mauves mettaient une note gaie dans ce décor abandonné.

Réflexe de limier, Coustot releva le courrier. Que des factures et un bulletin d'abonnement à *La Croix du Midi* !

L'inspecteur quitta la rue du Puits-Vert dépité, abandonnant ses acolytes à leurs commentaires graveleux sur quelques revues culturistes américaines débusquées dans un placard où l'on voyait des hommes en string prendre des postures de gladiateurs ridicules. Les deux enquêteurs riaient bêtement comme deux bidasses ayant abandonné leur pucelage dans un hôtel borgne.

Quand Théo reconnut la silhouette de son patron nouée à celle d'une femme qui avait toutes les apparences d'Hélène Cantarel, le jeune homme ne put s'empêcher d'exprimer son soulagement. Le taxi venait de déposer le couple devant l'entrée du musée. Hélène rayonnait de satisfaction. Les petits malheurs de son mari lui valaient cette visite impromptue à Albi. Il y avait si longtemps que l'archéologue n'avait pas foulé les terres d'Occitanie ! Et puis, cette cathédrale Sainte-Cécile, quelle porte magnifique sur le Paradis et plus encore sur l'Enfer !

Ainsi Séraphin s'était-il levé aux aurores pour aller accueillir sa femme en gare d'Albi. Le train de nuit avait eu du retard – décidément Dorléac avait raison ! – et Cantarel avait dû poireauter au buffet de la gare devant des tasses au café insipide et des croissants caoutchouteux. Le plaisir des retrouvailles entre Hélène et son mari s'en trouva décuplé.

Spontanée et naturelle, Mme Cantarel embrassa Théo comme elle le faisait depuis que le jeune garçon, promu aux côtés de son mari, était devenu un complice, presque un membre de la famille. Cependant, le vouvoiement restait de mise entre eux.

— Je suis heureuse de vous voir, Théo ! L'air du Sud-Ouest semble vous réussir. C'est vrai que vous êtes un peu chez vous…

— Non, madame, si vous mettez l'Albigeois et le Limousin dans le même sac de pommes, on ne sera pas d'accord ! répliqua Trélissac d'un air faussement outré.

— Pardon, Théo, je ne voulais pas vous offenser. En tout cas, vous avez bonne mine !

Séraphin assistait à ces amabilités d'un œil goguenard. Toutefois, la réalité reprit très vite le dessus et Trélissac se renfrogna :

— Depuis ce matin, je vous cherche partout. Quand je dis « je », c'est surtout Coustot ! On a retrouvé les tableaux. Enfin plus précisément les cadres. Pas les toiles bien sûr !

— Où ça ? s'enquit Cantarel.

— En principauté d'Andorre, dans le coffre d'une voiture abandonnée sur le parking d'un supermarché.

— Merde ! laissa échapper le conservateur dont les écarts de langage relevaient de l'exceptionnel.

— Comme vous dites, et pour rester sur le même registre sémantique, ce qu'il y a de plus emmerdant, c'est qu'on a retrouvé non pas deux, mais trois cadres ! Les deux au format de ceux qui ont été dérobés ce week-end, plus un troisième !

— Comment cela ?

— Oui, un cadre 56 centimètres par 110, estampillé HTL ! confirma Théo.

Hélène Cantarel, dont l'esprit de synthèse lui avait plusieurs fois valu les félicitations du jury lors de la présentation de chacune de ses thèses, s'invita dans la conversation :

— Vous êtes en train de nous dire, Théo, qu'on a retrouvé un cadre du musée d'Albi sans sa toile, sans que celui-ci ait été déclaré volé ? Nous nageons en plein délire, Séraphin !

— Vous êtes sûr de ce que vous avancez ? insista le conservateur, toujours incrédule.

— Coustot doit faire rapatrier dans la journée les trois cadres pour que nous les expertisions.

— Quel est le point de vue de Dorléac ? demanda Séraphin.

— Il n'est pas encore informé ! répliqua Trélissac.

— Mieux vaut lui acheter une douzaine de mouchoirs car il va passer sa journée à s'éponger le front !

En toutes circonstances, Séraphin Cantarel savait garder cette distance qu'impose la succession des événements quand ils vous sont défavorables ou carrément hostiles. L'humour et davantage la dérision étaient sa panacée.

— Quels sont les tableaux qui répondent à ce format ? questionna le conservateur parisien.

— Il n'y en a qu'un, patron !

— Lequel ?

— Il fait partie de vos favoris, je le sais. Celui qui est baigné de rouge… sang !

— Bon Dieu ! Ne me dites pas que c'est le *Gabriel Tapié de Céleyran au théâtre* ?

— Exactement, monsieur ! Sauf qu'il est bien à sa place au musée.

— Tout cela ressemble à un gag ! fit remarquer Hélène dont le chemisier échancré laissait entrevoir de fines taches de rousseur qui la rendaient irrésistible aux yeux de Théo.

— Allons voir cela immédiatement !

À peine Cantarel et son épouse avaient-ils franchi le seuil du palais de la Berbie que Jean Dorléac accourait d'un pas alerte. Déjà, il était en nage.

— Vous êtes au courant, je suppose ? dit l'Albigeois qui gommait son accent légèrement chantant quand il s'adressait à Cantarel.

— Pardonnez-moi, Dorléac, je ne vous ai pas présenté ma femme, Hélène. Elle vient d'arriver par le train de nuit, un peu fourbue, mais tellement heureuse d'être à Albi. Toulouse-Lautrec n'est peut-être pas sa tasse de thé, mais la cathédrale d'Albi, en revanche, saura satisfaire sa curiosité, n'est-ce pas chérie ?

Hélène se contenta de sourire gentiment aux propos de son mari. Néanmoins, elle crut bon d'ajouter :

— Vous avez à Albi, cher monsieur, le plus bel Enfer jamais peint que je connaisse !

L'archéologue faisait allusion aux gigantesques fresques des XVe et XVIe siècles qui couvraient les murs de la cathédrale Sainte-Cécile. Jetant un coup d'œil en direction de Théo, elle laissa échapper :

— Mon intime conviction, toute féminine, c'est que le diable a quitté la cathédrale pour prendre ses quartiers de printemps au palais épiscopal. Il me semble avoir redoublé de roueries pour semer le trouble dans vos esprits et le désordre dans vos collections.

— Je t'en prie, ma chérie, n'accable pas M. Dorléac. Il est comme nous tous ici : en proie au doute et incapable de soupçonner le caractère malin, et je dirais presque pervers, des voleurs !... tempéra le conservateur parisien en prenant Hélène par la taille.

Quelques minutes plus tard, tous se retrouvèrent devant la toile en question.

Gabriel Tapié de Céleyran, le cousin de Lautrec, était bien à sa place, la main gauche enfouie dans son pantalon, son haut-de-forme s'étageant sur son crâne, la mine mélancolique, la tenue sombre, dans ce décor de théâtre qui était celui de la Comédie-Française avec sa moquette outrageusement rouge. Ce rouge andalou qui rehaussait la toile. En arrière-fond, on apercevait la dame du vestiaire au visage ingrat, le tout dans une atmosphère tamisée qui plaisait tant à Cantarel. Le tableau cristallisait le talent magicien de Lautrec : la maîtrise des couleurs, du trait, un sens aigu de la caricature mâtiné d'un réalisme qui faisait mouche, mais il était patent que ce rouge qui occupait les deux tiers du tableau, ce rouge violent et chaud à la fois, ce rouge-là n'était peut-être pas celui issu de la palette du maître. Le doute s'installait, même si la signature était conforme.

— Décrochons ! ordonna Cantarel.

Trélissac s'empara d'un escabeau et, aidé par Dorléac, ôta la toile de son piédestal. Le cadre était vierge de toute estampille, la toile chevillée aux montants du châssis souple et assez mal découpée. Ce travail était, à l'évidence, de facture récente.

— Plus de doute possible, c'est un faux. Une copie, une belle copie, mais une copie ! déclara Cantarel furibard.

— Quel était l'intérêt pour les voleurs de remplacer le vrai tableau par une copie ? s'étonna Dorléac.

— Oui, quel intérêt ? renchérit Hélène.

Théo plongea sa main droite dans ses cheveux bouclés comme il le faisait parfois quand une intuition le titillait. Il observait en silence cette copie comme un être déchu.

— Et si le *Tapié* avait été dérobé bien avant l'*Autoportrait* et le *Routy* ? Peut-être, parmi les tableaux qui nous entourent, y a-t-il d'autres faux ? Puisque, à présent, nous sommes à peu près convaincus que le vol a bénéficié de complicités au sein du personnel du musée, il n'est pas exclu que des tableaux aient déjà été subtilisés au profit de copies de facture irréprochable et que… nous découvrions le pot aux roses uniquement aujourd'hui !

Fidèle à son tic, Dorléac s'épongea le front. L'affaire prenait une tournure inattendue. Décidément, la chienlit s'installait dans son musée. Quand la presse ferait ses choux gras de cette nouvelle perte artistique, le discrédit s'abattrait une nouvelle fois sur lui, sur la ville, sur l'héritage Lautrec.

Taciturne, Coustot arriva sur ses entrefaites, affublé de ses assistants porteurs des trois encadrements.

Dorléac comme Cantarel se penchèrent sur les châssis. Pas de doute, c'étaient bien ceux qui, une semaine plus tôt, trônaient fièrement sous les voûtes de la Berbie.

Courroucé, Cantarel demanda que soient illico décrochés tous les tableaux du musée. Tous furent mis à bas, dos aux murs, et ce dans toutes les salles d'exposition.

Avec méthode, Trélissac et son patron inspectèrent chacun des châssis, chacune des toiles et chacun des cartouches, traquant l'imitation et tout travail de faussaire. Hélène, habituée aux grandes fouilles et aux tâches méticuleuses, prêta main-forte en silence. Dorléac, pour sa part, tentait de les imiter avec une efficacité contestable. Son mouchoir n'était plus qu'une éponge et Mlle Combarieu fut remballée sans ménagement lorsqu'elle s'autorisa cette question totalement saugrenue :

— Quand, messieurs, rouvrons-nous le musée ?

Force était de constater que seul le *Tapié* avait été contrefait. Cependant, il ne serait peut-être pas superflu de mandater un expert, spécialiste de la peinture de Lautrec, pour s'assurer que d'autres toiles n'avaient pas été pillées. Reproductions photographiques en main, Théo observait désormais à la loupe chaque toile, mais aussi chaque dessin. Seules les affiches et les lithographies n'eurent pas droit à une inspection aussi rigoureuse.

— Depuis le début de cette affaire, je te l'ai toujours dit, Séraphin, vous êtes en présence de professionnels qui, depuis longtemps, ont préparé leur coup ! Théo a peut-être raison. Le cambriolage a dû se dérouler en deux temps sans que personne ne constate la première supercherie.

— Avouez, Cantarel, que la copie est parfaite, hasarda le conservateur albigeois.

— Je vous le concède, cher ami, répliqua Séraphin d'un ton docte. Moi-même, quand j'ai fait le tour du musée lundi, n'ai rien remarqué. Si ce n'était ce rouge moins criard que celui qui inonde l'original, je mets quiconque au défi de…

— Ce qui veut dire, messieurs, que nos monte-en-l'air ont fait appel à un faussaire de haute volée ! objecta Coustot qui sortait enfin de sa réserve.

— Certainement… murmura Hélène en plaquant machinalement ses longs cheveux châtains en arrière.

— Il y a une filière à Paris, mais elle est insaisissable, marmonna l'homme de la PJ, qui, pour une fois, s'était délesté de son omniprésente Gitane à la commissure des lèvres.

Théo crut bon d'ajouter :

— Souvent, ce sont des réfugiés clandestins russes qui, fidèles à l'esprit de l'école de Barbizon, s'amusent à copier les tableaux des grands maîtres. Pour eux, c'est un exercice de style, sauf que leur talent autorise toutes les copies… Certaines sont plus vraies que les originaux et se négocient en millions de francs.

Dorléac et Coustot écoutaient Trélissac bouche bée. Hélène, qui s'était débarrassée de son manteau, occupait l'espace avec une distinction qui flattait son mari.

Elle n'osait manipuler les cadres et regardait les murs recouverts de toile de jute. Aux cadres déposés s'était substitué un alignement de rectangles plus sombres. Le soleil et la lumière faisaient leur œuvre sur les murs fanés du musée. Pourquoi les couleurs des tableaux, notamment le rouge de la moquette de la Comédie-Française que foulait le cousin de Lautrec, n'auraient-elles pas pâli à leur tour ?

— Puis-je émettre une objection ? demanda Hélène Cantarel à la cantonade.

Tout le monde se tut.

— Ne trouvez-vous pas surprenant, messieurs, que les voleurs se soient rendus maîtres de trois toiles bien en marge de l'œuvre de Lautrec ? Deux des tableaux représentent l'entourage intime du peintre. On est loin du caricaturiste traînant son pinceau et ses crayons au *Moulin de la Galette*, au *Chat noir*, au *Moulin-Rouge* ou encore aux *Folies-Bergère* ! Ce ne sont pas les toiles les plus cotées, tu en conviens, Séraphin ?

— C'est en effet ce qui me trouble… souligna le conservateur.

— Tout en effet est extrêmement troublant, répéta Coustot. Ce vol, me dites-vous, ne répond pas à la logique du marché de l'art. Peu de chances donc que ces toiles passent un jour dans une vente aux enchères à Londres ou à New York. Alors ? Alors qui ? demanda le policier désarmé.

— Messieurs, je ne vous cache pas que j'ai une petite faim, fit remarquer Séraphin. Je vous propose de poursuivre cette partie de Cluedo chez Rieux. Personne ne voit d'objection particulière ?…

— Si, moi, dit Hélène en levant son index. Je trouve qu'en une semaine mon mari et M. Trélissac se sont légèrement arrondis. Je sais que Lautrec les tourmente au-delà de ce qui est permis, mais tout de même ! J'ai toujours préféré Jane Avril à la Goulue !

— En ce cas, allons plutôt au *Fils de l'Évêque*, le cassoulet y est plus généreux et la croustade plus épaisse ! railla Dorléac, prêt à tous les outrages gastronomiques pour oublier le mauvais sort qui s'acharnait sur son musée comme le diable s'agrippe à l'âme versatile des pauvres gens.

Gérard Dorval, le gardien, ne fut pas mécontent de retrouver le silence sépulcral de son musée. Il était 12 h 45, toutes les œuvres de Lautrec gisaient au sol, ventre à terre ou face contre le mur ; le nouveau système d'alarme serait installé sous vingt-quatre heures. Il suffisait d'introduire un chat-huant dans le musée pour réduire à néant l'invasion de chauves-souris dont les ailes frondeuses mettaient en action les détecteurs d'intrus.

Après un tel remue-ménage, c'était sûr, le musée ne rouvrirait pas ses lourdes portes avant le dimanche.

Mlle Combarieu dut alors se résigner à coucher de sa plus belle écriture la mention « Le musée Toulouse-Lautrec reste fermé jusqu'à nouvel ordre » sur un bout de contreplaqué qu'elle suspendit aux grilles du palais de la Berbie, un peu comme une maquerelle affiche « Hôtel complet » quand la fornication occupe tous les étages de son juteux établissement.

Du ciel, Toulouse-Lautrec devait rire aux éclats.

7

Bien sûr, il y avait les anges, les saints, les élus du Seigneur et les ors du Paradis, mais ce qui fascinait Hélène Cantarel, c'était le *Jugement dernier*, et plus encore les damnés de l'Enfer. De toutes les peintures ornant la cathédrale Sainte-Cécile, celles du royaume des monstres retenaient particulièrement son regard. Les facétieux peintres du Moyen Âge avaient l'imagination tourmentée et férocement pervertie.

À lui seul, le *Jugement dernier* ne fait pas moins de quinze mètres de haut sur dix-huit de large. La partie supérieure, où figurent l'empire céleste et les anges, vient en contrepoint de la partie basse où s'entassent, dans une promiscuité effrayante, les démons de l'Enfer, le tout constituant de larges frises continues tandis que les assesseurs du juge et les appelés de Dieu apparaissent à la droite de celui-ci, les récusés se trouvant cantonnés à sa gauche. Une construction très habile de la part des artistes de l'époque, qui met le pauvre pécheur presque nez à nez avec les affres de l'Enfer.

— Regardez, Théo, cette galerie de monstres, tous plus hideux les uns que les autres !

Subjugué, l'assistant de Cantarel auscultait les détails de ce chaos, très éloigné du bestiaire de Jérôme Bosch, le seul sur lequel il se fût véritablement penché au musée du Prado, lors de ses longues années en histoire de l'art. Ici, pas de grylles, de souris aquatiques ou de poissons-canards, mais des damnés par milliers rampant dans les prisons malfamées de Lucifer. Côte à côte, dans une immense orgie, ce ne sont que visages humains déformés, chevillés à des corps de singes ou de guépards. Dominant cette faune hybride volettent ou rampent des oiseaux à queue de serpent ou des lézards géants aux peaux visqueuses et molles. Tous inspirent crainte et répulsion. Ici des représentations affublées de masques terrifiants, avec des pattes griffues et des becs acérés. Là, des rapaces royaux aux regards perforants. Ils vous glacent le sang, leurs serres sont prêtes à vous meurtrir la chair…

— Celui-là a une tête de bouc qui fout les chocottes ! fit remarquer Théo en glissant une main dans ses cheveux bouclés, comme pour s'assurer qu'il ne cauchemardait pas.

— Le bouc est l'animal diabolique par excellence, souligna Hélène Cantarel. Il symbolise la luxure et la puanteur. Les damnés que vous voyez grouiller dans ce gigantesque musée des horreurs doivent subir les odeurs pestilentielles de ces monstres gluants, mais aussi leurs faces de rat perverses et méchantes…

— Ils avaient une sacrée imagination ! objecta Théo.

— L'Église leur intimait l'ordre de peindre l'abjection dans ce qu'elle a de plus répugnant. Ils y allaient de leurs pigments et de leurs pinceaux en poils de chèvre, de belette ou de fouine. Peindre des anges est quand même plus facile que d'inventer des créatures maléfiques censées battre les pavés de l'Enfer !

— Je veux bien vous croire… répliqua Théo, perplexe devant le Jardin des supplices.

Hélène s'approcha de son protégé pour lui chuchoter à l'oreille tout ce que sa culture lui inspirait.

Des grappes de visiteurs se répandaient sous la nef de la cathédrale tandis qu'une guide à la voix de soprano, une femme corpulente et laide comme un pou, multipliait les explications en direction d'un groupe de touristes allemands.

— Nous n'échappons pas ici, comme dans toutes les représentations dantesques, aux clichés éculés. L'Enfer est toujours symbolisé par une grande fournaise. Notez, Théo, les zébrures de couleurs qui griffent le fond obscur de la plupart des scènes que nous voyons. Elles traduisent la présence du feu, lequel, selon saint Augustin, brûle les damnés sans toutefois les consumer.

Béat, Théo écoutait sans moufter les explications d'Hélène, tout émoustillé à l'idée de tutoyer le péché.

— Les serpents que vous voyez de part et d'autre des maudits figurent le mal. On imagine les morsures que devront subir ceux qui, lors de leur passage sur terre, ont commis tant et tant de mauvaises actions.

— Mais c'est qu'ils étaient vicelards, les gonzes !

Trélissac faisait directement allusion à la série de châtiments que devaient endurer les damnés.

— Les peintres, vous avez raison, Théo, débridaient à cette occasion leur imagination. Cependant, les mœurs de l'époque pour punir les criminels et autres bandits s'inscrivaient dans ce catalogue où la cruauté était érigée en vertu. Le supplice de la roue que vous voyez là était couramment pratiqué, empaler un supplicié n'avait rien d'exceptionnel, à côté l'immersion dans une eau glacée était un moindre mal. Je reconnais qu'être ébouillanté vivant devait être affreux ! souligna Hélène en mettant sa main sur la bouche comme pour masquer un haut-le-cœur.

Théo pointa alors du doigt une scène représentant un malheureux suspendu au-dessus d'une marmite où des métaux en fusion constituaient une lave incandescente digne de l'Etna et du Vésuve réunis.

— Pour un peu, ils étaient prêts à embrocher les damnés et à les rôtir comme des agnelets ! ironisa l'assistant de Cantarel.

— Sur bien des fresques, en effet, on poussait le vice jusqu'à la rôtissoire dans les cuisines de l'Enfer. Il semblerait qu'ici à Albi, on ait manié le feu avec plus de précaution... Peut-être les bûchers du catharisme incitaient-ils l'Église et son cortège d'évêques aux faciès rubiconds, habités peu ou prou par le remords, à la pratique d'une cuisine à feu doux.

Trélissac ne put réprimer un fou rire. Hélène, contaminée à son tour par son propre humour, se mit à pouffer comme une collégienne prise en faute.

Complices, les deux « visiteurs » de l'Enfer eurent droit au regard sentencieux d'un ecclésiastique à la soutane lustrée comme un sou neuf qui s'apprêtait à dire les vêpres dans l'une des chapelles de la cathédrale.

Mezza voce, Hélène Cantarel n'en continua pas moins ses explications érudites :

— Les représentants de Dieu sur terre poussaient leur sadisme jusqu'à la perversité savamment dosée.

— C'est-à-dire ? demanda le jeune Trélissac, toujours curieux.

— Il n'a pas dû vous échapper, mon cher Théo, que les châtiments représentés sur ces peintures excluent toute mort instantanée. L'Enfer est l'univers de la souffrance sans répit. Pas celui de la mort !

— Super vicelards, les enfants du Bon Dieu !

— Pas question en effet de pendaison, de décollation, d'écartèlement ou de supplices entraînant une mort quasi immédiate. Non, les supplices prônés par l'Église se doivent d'être é-ter-nels !

Mme Cantarel jubilait quand elle parlait d'éternité :

— Ils s'inscrivent dans la durée et se répètent jusqu'à la fin des temps. Les damnés sont condamnés à la souffrance pour toujours !

— Aucune chance de rémission ? demanda Théo sur un ton faussement suppliant.

— Aucune, confirma Hélène. Ceux qui sont morts en état de péché mortel sont privés de toute grâce sanctifiante. Ils sont définitivement exclus du Royaume des Cieux. Ils doivent endurer à jamais les tourments de leurs corps, leurs âmes seront en perpétuelle errance et souffrance. Il suffit d'observer leurs regards pathétiques, chargés d'effroi, pour entendre leurs cris de douleur, leurs lamentations et leurs remords trop tardifs.

Bouche bée, Théo buvait la science de son interlocutrice.

— Les peintres de ce début du XVIe siècle y sont allés de leur génie démoniaque. Et certainement pas de main morte ! Payés par l'Église, ils se devaient d'entraîner le peuple vers les voies de la foi, de la probité et d'une sexualité destinée uniquement à enfanter. Forniquer, jouir des plaisirs de la chair, s'abîmer dans la luxure et s'oublier dans les vanités et l'argent, c'était le plus sûr chemin pour se perdre en Enfer… Le spécimen qui nous est offert à Albi n'est pas très différent, mon petit Théo, de celui de Dante…

— Cessez, je vous prie, Hélène, de m'appeler « mon petit ». J'ai l'impression d'être votre élève !

— Vous avez raison, je suis parfois trop familière avec vous. Je devrais prendre un peu de distance, Séraphin me l'a déjà fait remarquer.

— Non, ce n'est pas ce que j'ai voulu dire...

Hélène Cantarel marqua un silence, puis hasarda quelques pas avant de s'émerveiller devant la « Peine des orgueilleux ».

— Excusez-moi, je suis totalement ridicule, bredouilla Trélissac. Ma susceptibilité est ma pire ennemie !

— N'en parlons plus, Théo. Et pardonnez-moi s'il m'arrive de vous considérer avec un peu plus d'affection qu'il ne faudrait.

— Votre affection me fait du bien et je ne sais comment vous...

— Taisez-vous, Théo. Je sens que vous allez dire une bêtise.

Hélène prit alors Théo par l'épaule, frotta presque ses cheveux contre ceux du garçon, qui ferma un instant les yeux avant de les rouvrir devant le tableau des orgueilleux. Tous sont pendus et ligotés sur des roues tournant indéfiniment, comme des moulins. Les envieux, eux, sont plongés jusqu'au nombril dans un fleuve gelé. Un vent froid cingle leur nudité avant que l'eau ne se transforme en glace.

Les coléreux sont emprisonnés dans une cave obscure, des démons armés les menacent de couteaux pour leur reprocher leurs courroux. Les avaricieux se débattent dans un vaste chaudron et sont donc promis à une inexorable et lente cuisson. Les gloutons sont représentés dans une vallée traversée par un fleuve aux eaux fétides. Sur la rive sont dressées des tables où règnent en maîtres crapauds, serpents et autres reptiles empruntés aux temps préhistoriques. Les luxurieux sont, eux, introduits dans des cheminées d'où émanent soufre et puanteurs ; quant aux paresseux, ils sont abandonnés à des nœuds de serpents venimeux...

— Personne n'est épargné ! objecta Théo.

— Passer sous les fourches caudines du Jugement divin relève de la performance ! rétorqua Hélène, amusée par tant de croyances d'un autre temps.

— Je n'ai aucun doute sur mon sort, je vais droit en Enfer ! proclama Trélissac.

— Pour quel motif ? s'enquit Mme Cantarel.

Théo marqua un temps d'arrêt, regarda le plafond de la cathédrale où des anges en or lui promettaient la rédemption, puis, d'un sourire qui valait toutes les absolutions, se tourna vers celle qui le poussait dans ses derniers retranchements :

— Selon vous ?

— L'orgueil pourrait être une raison, mais elle ne saurait être suffisante, l'envie et la colère ne sont pas, me semble-t-il, cher Théo, vos traits majeurs. Pas plus que l'avarice ou la paresse. Reste : la gloutonnerie et la luxure !

— La première relève de mon goût immodéré pour les bonnes choses, la seconde est la conséquence de mon goût tout aussi immodéré pour les... belles choses !

— C'est fou ! Mais vous êtes rouge comme une pivoine, Théo !

— Ce sont les flammes de l'Enfer qui déjà me dévorent. J'en appelle à votre miséricorde !

Quand Hélène et le jeune Trélissac abandonnèrent les flammes de Lucifer pour retrouver la lumière du jour, le parvis de la cathédrale n'était qu'une flaque de soleil.

À leur retour au musée, quand ils passèrent devant la loge de Micheline Labatut, flottait une appétissante odeur de beignets de fleurs d'acacia.

— Quel supplice ! J'ai une de ces dalles, confia Théo à Hélène en se frottant l'estomac.

Elle partageait la même fringale, mais faisait mine de se détacher de toutes considérations gastronomiques, laissant à son mari le soin de régir les problèmes de cantine.

Il n'était pas loin de midi et Jean Dorléac affichait sa tête d'administrateur un peu dépassé par les événements. Pourtant, il venait de recevoir l'assurance que le tout nouveau système d'alarme serait installé sous quarante-huit heures par la société de Besançon accréditée par le musée des Monuments français.

Le musée Marmottan avait mis cet investissement de quelques dizaines de millions de centimes comme préalable à tout prêt de « ses » Monet. Ainsi Toulouse-Lautrec et le peintre de Giverny seraient, en théorie, à l'abri de toute intrusion nocturne.

Auparavant, à la manière d'un horloger, Séraphin Cantarel s'était penché sur les nouvelles techniques récemment mises au point en matière de détection de mouvements dans l'obscurité. Il était même question d'installer des caméras dans certains lieux, dits « sensibles », du palais, dont la surveillance incomberait au gardien de nuit. Désormais, il appartenait au secrétariat d'État à la Culture de débloquer quelques crédits supplémentaires afin que cette innovation fasse son entrée au musée d'Albi.

Entre-temps, l'expert descendu la veille de Paris s'apprêtait à rendre son verdict quant à l'éventualité d'autres faux parmi les collections exposées.

— Après examen, je peux vous certifier, monsieur le conservateur, que toutes les œuvres actuellement accrochées sont, sans exception aucune, authentiques !

— Vous êtes formel ? insista Cantarel.

— Catégorique !

— Même le Tapir ?

— Quel Tapir ? s'étonna l'expert en faisant glisser ses lunettes sur l'arête de son nez de fouine.

— C'est ainsi que Lautrec désignait son cousin germain, Gabriel Tapié de Céleyran. Il l'a croqué merveilleusement dans deux dessins où on le voit de profil, long et étriqué. La caricature n'était pas flatteuse, mais les deux hommes s'estimaient profondément, ajouta Séraphin. Déjà, en 1882, Henri avait fait un portrait de son cousin à l'époque où tous deux sortaient à peine de l'adolescence…

— J'avoue que j'ai fait l'impasse sur ce dessin, confessa platement le monsieur sans âge, à l'allure d'échassier auquel on aurait chaussé des besicles.

— Il ne me semble pas inutile que vous vous penchiez sur cette caricature que Toulouse-Lautrec lui-même a intitulée *Tapir le scélérat*.

— J'y vais de ce pas…

— À défaut de trouver un lien commun entre les trois tableaux subtilisés, procédons par thème, suggéra Cantarel. Pourquoi les voleurs ont-ils fait main basse sur ce Gabriel Tapié de Céleyran qui avait suivi son cousin Henri à Paris afin de poursuivre ses études de médecine entamées à Lille ? C'est lui, du reste, qui avait introduit Lautrec dans le milieu des carabins. Gabriel fut interne à l'hôpital Saint-Louis. C'est là que le peintre l'a croqué avec son tablier de chirurgien. Vous ne connaissez pas ce dessin ? demanda Séraphin qui maîtrisait son sujet mieux, semble-t-il, que cet échalas de Cubayne dont les mains étaient gantées de soie pour, arguait-il, ne pas altérer les toiles soumises à son examen méticuleux.

Le grand spécialiste de Lautrec ressemblait, en réalité, à la majorité de ses confrères : des individus toujours un peu précieux qui, à la loupe, dissèquent un tableau en notant scrupuleusement les procédés de pigmentation, les gouaches, les signatures sans vraiment appréhender l'œuvre du maître.

Arsène Cubayne appartenait à cette race toujours très collet monté. Séraphin Cantarel n'avait qu'une confiance toute relative quand il s'agissait d'éplucher ses rapports portant tous la mention « A. Cubayne, expert en œuvres d'art – Paris ».

Coustot assistait à cet échange sans rien dire.

Quand l'homme au nez de fouine eut tourné le dos, l'enquêteur considéra Séraphin, la mine satisfaite :

— Vous l'avez bien mouché, ce blanc-bec !

En vérité, Cantarel tenait toutes ces informations de Théo qui, avec méthode et discernement, avait creusé son sujet. Ainsi son assistant s'était-il perché sur l'arbre généalogique des Toulouse-Lautrec, sautant de branche en branche, pour recenser les différentes figures familiales que le petit Lautrec avait croquées sur son carnet de dessin.

— Des nouvelles, commissaire Coustot, de la SM retrouvée en Andorre ?

— C'est un véhicule volé à Gincla, dans l'Aude.

— Étrange ! Étrange… fit remarquer Séraphin en se rendant dans la salle où Cubayne examinait de plus près le dessin du Tapir.

— Sur ce point, je suis là aussi affirmatif : c'est bien le coup de trait de Lautrec, même si la caricature n'est pas signée. Notez, monsieur le conservateur, cette cursivité dans l'ébauche du mouvement…

— Bien, bien, coupa net Séraphin.

— Puis-je disposer ? demanda Cubayne.

Cantarel jeta un œil sur sa Jaeger-LeCoultre qui affichait 17 h 10 :

— Avec un peu de chance, vous pourrez prendre le train du soir pour Paris ! observa Cantarel le plus sérieusement du monde.

— Non, je crois que je vais profiter de cette mission pour faire une petite prière à Sainte-Cécile…

— Vous risquez d'y croiser mon épouse. Elle est en adoration devant ces fresques. Mais, en réalité, qui était cette sainte femme ? demanda Séraphin, la malice au coin des yeux.

Arsène Cubayne était plus pieux qu'érudit. Aussi récita-t-il la légende auréolant la jeune martyre. L'histoire laissa Cantarel et Coustot dubitatifs. Seul Théo resta suspendu aux lèvres du vieux héron qui avait conservé ses gants d'expert.

— C'est, monsieur le conservateur, une magnifique histoire. Cécile était une belle jeune fille issue d'une noble famille pratiquante de Rome. Elle était tout en grâce, en beauté et en innocence, elle se passionnait pour les arts et la musique en particulier. Très tôt, Cécile voua sa vie à Dieu et fit vœu de virginité…

Théodore esquissa un sourire gourmand.

— … Contre son gré, son père l'incita à se marier à un jeune païen du nom de Valérien. La nuit des noces, après que les invités eurent ripaillé et dansé, les jeunes époux se retrouvèrent dans la chambre nuptiale. C'est alors que Cécile confia à son époux son délicat secret : « Jure-moi de ne le dire à personne, dit-elle. Je suis accompagnée d'un ange qui veille jusqu'à la fin des temps sur moi. Si tu me touches, tu déclencheras ses foudres et tu souffriras.

Si tu respectes ma décision, il t'aimera comme il m'aime. » Quelque peu incrédule, Valérien lui commanda : « Montre-moi cet ange ! », ce à quoi Cécile répondit : « Si tu crois en Dieu et que tu deviens baptisé, il t'apparaîtra. » Valérien finit par se plier aux injonctions de sa jeune épouse et ne consomma pas leur union. Vous imaginez, messieurs, le sacrifice…

Fernand Coustot demeurait impassible face à ce qui n'était à ses yeux que sornettes et légendes pour bigotes.

— … Avec la complicité du pape saint Urbain, Cécile réussit à convertir son époux au christianisme et le fit baptiser. Au lendemain du baptême, il trouva sa femme en conversation avec un ange aux ailes de feu. L'ange couronna Cécile de roses et Valérien de lilas. Il leur chuchota à l'oreille : « Recevez ces couronnes, elles sont un signe du Ciel. Jamais elles ne sécheront ni ne perdront leurs doux parfums. Quant à toi, Valérien, demande-moi ce que tu veux et tu l'obtiendras. » Le nouveau converti formula le vœu que son frère Tiburce, auquel il était très lié, l'accompagne dans sa foi. Il en fut ainsi et le frère de Valérien renonça à ses faux dieux pour ne plus croire qu'en un dieu unique.

— Un peu fleur bleue, votre histoire, monsieur Cubayne ! s'autorisa Séraphin.

— Je dirais plutôt que c'est une histoire à l'eau de rose… ironisa à son tour Théo, en glissant sa main dans l'encolure de son pull comme le font parfois les garçons peu sûrs de leur séduction.

— Je vous rassure, messieurs, la suite est plus… dramatique. Je passe donc sur la période où Valérien et Cécile s'appliquèrent à rester chastes pour ne se vouer qu'aux bonnes œuvres. La jeune fille chantait les louanges de Dieu et jouait de la musique, Valérien l'accompagnant au nom d'un bel amour, jamais vraiment consommé...

— Aux faits ! demanda Coustot, comme s'il s'agissait d'un interrogatoire de police.

— J'y viens, répliqua Cubayne. C'était l'époque où l'empereur persécutait les chrétiens. Cécile et son époux s'employaient à ensevelir les corps des martyrs dans les catacombes de Rome. Ils furent arrêtés par les centurions à la solde d'Alexandre Sévère. Le préfet Almachius les incita à abjurer sur-le-champ. Ils renoncèrent et furent aussitôt condamnés à être décapités après flagellation...

Le conteur distillait son histoire avec un art consommé du suspense :

— ... Toujours est-il que Valérien, son chaste époux, ainsi que son frère récemment converti furent décapités et que Cécile continua à prêcher la bonne parole tout en ensevelissant les « élus de Dieu » soumis au glaive inquisiteur de l'empereur romain.

— Elle était trop belle pour mourir la gorge tranchée, pronostiqua Théo.

— Vous ne croyez pas si bien dire, jeune homme ! Condamnée à mort, Cécile ne pouvait être exécutée sur la place publique. On décida alors de l'enfermer dans un *sudatorium...*

À l'évidence, le commissaire Coustot n'avait pas fait de latin. Il accusa une légère grimace et Cubayne se fendit d'une explication de texte :

— C'était une pièce que l'on trouvait dans les villas romaines des riches patriciens où l'on pratiquait ce que l'on appelle aujourd'hui les bains de vapeur. Les centurions furent chargés de surchauffer les foyers. Mais ni la chaleur ni les fortes vapeurs n'eurent raison de la belle Cécile.

Coustot ne broncha pas. Alors l'expert enchaîna son récit :

— À la vue de la sainte au visage sublime et aux yeux clos, le soldat dépêché pour occire la jeune chrétienne se mit à trembler et frappa à trois reprises sans toutefois réussir à la décapiter. La loi romaine interdisant un quatrième coup, Cécile fut abandonnée dans le *sudatorium* de sa villa. Aussitôt, des chrétiens accoururent à son domicile, pansèrent ses blessures, l'habillèrent de vêtements en lin alors que la malheureuse agonisait. Pendant trois jours, elle n'eut de cesse de proclamer sa foi en Dieu. Quand le pape saint Urbain se rendit à son chevet, elle fit don de sa maison pour que l'on y construisît une église et légua tous ses biens aux pauvres de Rome. Puis, dans un dernier sourire lumineux, Cécile expira.

Un silence ponctua la narration. Que l'histoire fût vraie ou une pure fiction manigancée par l'Église importait finalement assez peu. Séraphin regretta que son épouse n'ait pas assisté à ce récit épique. Il n'était pas sûr de restituer auprès d'Hélène tous les détails dont l'expert avait enjolivé son histoire. Même Coustot, que Cantarel soupçonnait d'être un fieffé mécréant, s'était laissé séduire par cette troublante Cécile qui n'avait connu que Dieu pour amant.

Quand Jean Dorléac s'immisça au sein du quatuor, qui, pendant quelques minutes, avait revécu les heures de la bienheureuse Cécile, il avait l'air d'un intrus.

— Que se passe-t-il, messieurs ? Ne me dites pas qu'un nouveau faux s'est glissé parmi nos collections ?

— Je vous rassure, cher ami, M. Cubayne est formel sur l'authenticité des œuvres présentées au public, précisa d'emblée Cantarel.

— En ce cas, peut-on envisager la réouverture du musée dès lors que le nouveau système de sécurité sera réinstallé ? C'est une affaire de quarante-huit heures, m'a-t-on assuré !

Séraphin examina Coustot avant de lâcher son verdict :

— Je n'y vois pas d'objection, dès lors que les trois tableaux manquants seront remplacés, certes par des œuvres de moindre intérêt, et que le palais aura été « sécurisé ». Ce terme est affreux, mais je n'en vois pas d'autres... À moins que le commissaire Coustot n'émette une réserve particulière ?

Le policier se contenta d'opiner du bonnet.

— Je peux donc prévenir Mlle Combarieu d'une réouverture probable ce samedi ?

Séraphin fit de la tête un signe d'approbation.

— Voilà qui va calmer les esprits à la mairie. Le premier magistrat commençait à se faire du souci sur le manque à gagner que constituait la fermeture prolongée du musée...

Quand Coustot et Cubayne se retirèrent, Dorléac se précipita vers Cantarel et Trélissac comme pour comploter :

— Monsieur, ma femme et moi-même aurions plaisir à vous inviter, vous et votre épouse, à dîner demain soir. Ainsi que M. Trélissac, cela va de soi...

Avec des gestes affables, Cantarel s'empressa de le remercier pour cette chaleureuse invitation.

— Vous aurez ainsi l'occasion de faire connaissance avec ma fille unique. Elle vient de réussir son examen d'entrée aux Beaux-Arts de Toulouse...

— Félicitations ! s'empressa d'ajouter Séraphin.

— Comment se prénomme-t-elle ? demanda le jeune Trélissac.

— Cécile, répondit fièrement Dorléac.

À l'énoncé de ce doux prénom, Théo était déjà aux anges.

8

Étaient-ce d'anciennes latrines ou un renfoncement dans un mur épais destiné jadis à abriter un moinillon, lequel devait satisfaire, de jour comme de nuit, les sollicitations expresses de Mgr l'évêque d'Albi ?

Toujours est-il que Théo s'installa dans ce cagibi étroit et un peu humide, isolé d'une des grandes salles d'exposition par une simple tenture de velours rouge. Pour tout confort, une chaise paillée, une lampe électrique et un livre que le jeune assistant de Séraphin Cantarel avait pris soin d'embarquer sous son blouson. La planque risquait d'être longue.

Le musée était désert – et pour cause ! – et la nuit se répandait comme un flot d'encre dans les ruelles du Vieil-Albi.

Théo s'était bien gardé d'évoquer cette initiative auprès de son patron, mais il en rêvait depuis longtemps. Se laisser nuitamment enfermer dans un musée, quelle expérience ! Il aurait tant aimé se perdre dans la section des Antiquités égyptiennes du Louvre ou, plus classiquement, au musée des Augustins de Toulouse, quand l'obscurité habille les statues de marbre et que seule la clarté lunaire tient fébrilement compagnie à ces œuvres d'art si convoitées le jour exclusivement.

Il convenait de ne pas attirer l'attention de quiconque, de se faire souris et d'attendre l'instant où le gardien ferait sa ronde puis disparaîtrait derrière l'ogive d'une porte.

Théo déploya l'ouvrage destiné à étancher sa curiosité, le temps que le fantôme de Lautrec vienne hanter ces murs. Il ne tarderait pas à claudiquer sur les parquets soigneusement lustrés mais passablement disjoints du vieux musée. Lazaret en était convaincu sans toutefois avoir pu apporter la preuve tangible des croyances d'un autre siècle de sa malheureuse grand-mère. Bien qu'issu de la campagne, Théodore Trélissac ne passait pas pour un superstitieux. Que ce fût le spectre de Talleyrand, de Sarah Bernhardt ou celui de Toulouse-Lautrec qui s'invitât à la Berbie, pour sûr, il bondirait de sa cachette et lui sauterait au cou pour démasquer l'imposteur.

Recroquevillé sur sa chaise, Théo sentait au fond des poches de son jean les deux piles Wonder qu'il avait achetées l'après-midi même dans la perspective d'une longue nuit. Sa lampe électrique accusait déjà quelques signes de faiblesse.

Le livre en question portait la signature d'Édouard Julien. Ancien conservateur du musée albigeois, peintre à ses heures, l'auteur alignait d'une plume allègre quelques réminiscences couleur sépia :

> « Dans mes lointains souvenirs, je retrouve, vivante, la silhouette disgraciée d'Henri de Toulouse-Lautrec, aperçue dans les rues d'Albi lorsque le peintre venait, pendant les vacances, se reposer auprès de sa famille, dans sa maison natale. Le comte Alphonse, père de l'artiste,

était, lui, une figure albigeoise particulièrement originale [...]. Les fantaisies auxquelles il se livrait excitaient notre joie d'enfants, surtout lorsqu'il nous invitait à y participer. Je le revois lorsqu'il vint un jour nous attendre à la sortie du lycée portant sur ses larges épaules de gracieux et fragiles cerfs-volants japonais qu'il nous invita à faire évoluer autour de la cathédrale Sainte-Cécile pour essayer d'atteindre la hauteur du clocher. Nous retrouvions infailliblement le comte devant les baraques foraines et autres ménageries [...]. Il devint un soir la vedette imprévue au cours d'une représentation donnée par le cirque Bureau de notre ville. La toute jeune fille du directeur y faisait ses premières acrobaties équestres, attachée par précaution à une corde que tenait son père, prêt à intervenir en cas de défaillance. Dès que la gracieuse écuyère eut regagné les coulisses, aux applaudissements de la foule, on vit avec stupéfaction entrer en piste le comte flanqué d'un jeune cousin, baron aveyronnais. Celui-ci prit sur le cheval le rôle de la fillette, tandis que le comte, avec un sérieux imperturbable, tenait celui du père Bureau. Les essais méritoires et renouvelés des deux partenaires aboutirent à un échec spectaculaire, pour la plus grande joie du public et celle des gens du cirque. Indifférent à la critique, ce parfait gentilhomme qu'était le comte vivait pour satisfaire sa fantaisie, ses caprices, gardant en toute circonstance une dignité impassible. On a pourtant multiplié à plaisir ses excentricités. Beaucoup tiennent de la légende. »

Théo attendit quatre bonnes heures avant d'entendre le moindre écho dans ce silence sépulcral. Le récit d'Édouard Julien relatant la vie du peintre ne comportait aucun fait que Trélissac ne connût déjà, si ce n'est peut-être le caractère héréditaire du handicap dont fut victime, malgré lui, l'héritier des Toulouse-Lautrec. Que le petit Henri fût né une nuit d'orage où Albi était sous une pluie de hallebardes et un ciel zébré d'éclairs paraît être un fait à peine discutable. Qu'il fût beau à la naissance, rien n'indique le contraire parmi les témoignages des domestiques de la maison Lautrec. Que sa mère le protégeât à l'excès pour oublier les outrages que lui imposait son mari frivole n'est pas contestable non plus.

> « La comtesse (née Adèle Tapié de Céleyran), délaissée, trompée, bafouée, retourna à Albi après avoir vécu à Loury-aux-Bois, en forêt d'Orléans (où le comte Alphonse chassait le gros gibier), après avoir perdu un deuxième enfant, Richard, décédé un an après avoir été enfanté. Mère attentive et cultivée, elle était résolue à élever seule Henri, plutôt chétif et malingre, dans le Sud-Ouest. Mais le comte, une fois encore imposant sa volonté, décida que la famille s'installerait à Paris. Le goût pour le dessin que manifeste Henri depuis sa plus tendre enfance devient un besoin impérieux. Les marges des cahiers du jeune écolier, celles de ses livres même, sont abondamment illustrées de croquis pleins d'esprit et de vérité, où les chevaux dominent [...]. Partout Henri se montre gai, turbulent, espiègle. Il fait la joie de la petite troupe de ses cousins et cousines qu'il commande en maître. À quatorze ans, Henri va devenir infirme après deux chutes bénignes

auxquelles ses jambes fragiles ne résisteront pas. »

Et Édouard Julien de citer le comte Alphonse de Toulouse-Lautrec qui témoigna à plusieurs reprises du drame qui mit définitivement à mal la lignée des Toulouse-Lautrec :

> « En mai 1878, pendant que toute la famille est réunie dans le salon de l'hôtel du Bosc à Albi, alors que, par ironie du sort, le médecin de la famille est là pour une grand-mère malade, Henri, en se levant d'une chaise basse, glisse sur le parquet et se casse la jambe droite. La seconde fracture est due à une chute pas beaucoup plus forte, alors qu'il se promenait avec sa mère, tout proche de Barèges, dans les Pyrénées, il roule dans le lit d'une ravine sèche, pas plus profonde qu'un mètre cinquante. »

L'historien tarnais raconte ensuite comment nombre de médecins, de professeurs éminents se penchèrent sur ce corps estropié afin de consolider ses membres rompus par deux mauvais coups du sort.

> « Mais jamais les os du jeune Henri ne se ressouderont normalement. Ses jambes raccourcies et grêles supporteront avec peine une grosse tête sur un buste normal. Pour assurer sa marche claudicante, il devra s'aider d'une canne. Pénible portrait du dernier descendant des comtes de Toulouse privé de tout ce qui semblait devoir faire la joie de sa vie. »

Théo se souvenait avoir lu différentes thèses quant aux anomalies physiques dont était affecté Lautrec. D'aucuns évoquèrent un nanisme achondroplasique en raison de l'atrophie de ses membres inférieurs, certains avancèrent plus banalement un cas d'ostéoporose caractérisé ou un dérèglement de la glande thyroïde. Fut émise également l'hypothèse de la coxalgie (tuberculose osseuse du col du fémur), néanmoins les différents diagnostics plus ou moins formulés aboutissaient tous à cette conclusion implacable : le petit Henri était atteint d'un mal difficilement identifiable qui avait pour conséquence l'extrême fragilité de son système osseux. C'est dans les gènes qu'il convenait d'aller chercher ce terrible handicap. Et les esprits les plus malveillants d'évoquer les nombreux mariages consanguins au sein de la même famille. Aussi loin qu'il se souvenait, Lautrec avait toujours souffert de ses jambes. Les chutes à répétition étaient-elles la conséquence d'un mal congénital ou bien à l'origine du préjudice physique qui fit de lui un nain parmi les géants de la peinture ?

Trélissac en était là de ses réflexions quand des pas résonnèrent dans la vaste salle près de laquelle il s'était dissimulé. Fallait-il que le cuir des chaussures du fantôme soit neuf pour qu'elles couinent de la sorte ! Ces pas bruyants étaient précédés d'un faisceau lumineux qui balayait toiles, affiches et dessins accrochés aux murs.

Aux aguets, Théo retint son souffle quand le halo de lumière s'attarda longuement sur le pan où les trois Lautrec avaient été dérobés. Le cône de la torche électrique détailla chacun des trois dessins qui s'étaient substitués aux toiles subtilisées. L'assistant de Cantarel crut reconnaître la silhouette féline de Dorval, d'autant que l'intéressé avait volontairement renoncé à sa casquette de service. Sa tête de boxeur et sa boule à zéro suspendue à deux oreilles protubérantes étaient facilement identifiables. Le doute n'avait guère de place.

À présent, le gardien qui venait vraisemblablement de prendre son service se penchait sur les œuvres nouvelles avec la curiosité d'un amateur éclairé. Il se servait de sa torche comme d'un scalpel, détaillant les traits de plume ou de crayon de Lautrec quand il n'était encore qu'un adolescent. On y voyait des croquis, extraits de ses *Cahiers de zigzags*, représentant son père en train de conduire son mail-coach ou encore des aquarelles esquissées quand Toulouse-Lautrec fréquentait assidûment la promenade des Anglais, à Nice, avec sa « très chère maman ».

À pas de loup, Théo s'échappa de sa cachette. Derrière son profil s'étirait une ombre à peine visible, longiligne et furtive. Quand il fut à un mètre du gardien, absorbé à caresser du faisceau de sa lampe un dessin où Lautrec était représenté à cheval entouré de son père, le comte Alphonse, et d'un ami de la famille, un homme barbu affublé d'un chapeau melon, Théo rompit le silence :

— Dessin de belle facture, n'est-ce pas ?

Dorval sursauta.

— Vous m'avez fait une de ces trouilles ! bredouilla le gardien, qui tremblait de tout son corps. « Mais... Mais... Comment avez-vous pénétré ici, monsieur Trélissac ?

— Par la porte d'entrée, répondit Théo comme si cette réponse était une évidence.

— Ce n'est pas possible, les détecteurs sont en marche.

— Alors, disons que je suis l'homme invisible !

— Ne plaisantons pas avec ça, monsieur...

— Je suis très sérieux, monsieur Dorval, ce musée n'est vraiment pas fiable. Pas fiable dans son système d'alarme... Pas fiable dans son personnel ?

— Vous insultez ceux qui travaillent ici...

— Ce n'est pas faire insulte à votre travail de gardien que de constater qu'il est facile comme un bonjour de se faire enfermer dans ce musée, secundo que l'un des surveillants de nuit dudit musée a disparu mystérieusement et, tertio, que le concierge a préféré se pendre que d'avouer qu'il avait débranché délibérément le système d'alarme.

— Je suis d'accord, cela fait beaucoup de coïncidences. Mais de là à laisser supposer que nous sommes complices de ce qui s'est passé...

— Je ne crois pas avoir utilisé le terme de complicité, mais puisque c'est vous qui l'employez... Dites-moi, Grégoire... Vous permettez que je vous appelle Grégoire ?

— C'est-à-dire que je m'appelle Gérard...

— Où suis-je allé pêcher ce prénom ? fit Théo en prenant son air le plus angélique.

Dorval arrosa de sa torche le plancher du musée afin de mettre de l'obscurité entre les deux visages qui se faisaient face.

— C'est curieux, j'ai toujours cru que vous vous prénommiez Grégoire, insista Trélissac. Vous êtes sûr que, dans une autre vie, vous ne vous appeliez pas Grégoire ?

— Non, je ne vois pas...

Puis Théo s'empara du poignet droit de Dorval au bout duquel se baladait la lampe électrique et la dirigea sous le menton de celui-ci.

— Vous êtes sûr, Dorval, que vous n'avez jamais usé de ce prénom pour différentes activités qu'il ne m'appartient pas de condamner, mais qui ont fait de vous une monnaie d'échange ?

Il était impossible pour le jeune Trélissac de savoir si Dorval affichait un teint blême ou s'il rougissait de honte. Mais sa respiration saccadée trahissait un malaise qui rendait sa voix grêle en même temps que son corps se raidissait.

— Qu'est-ce que vous me voulez à la fin ?

— Finalement, Gérard, vous êtes un esthète, un homme de l'art. À Bordeaux, je me suis laissé dire que vous fréquentiez l'école des Beaux-Arts, place Renaudel, à l'heure où les salles de classe sont fermées. Un peu comme moi ce soir qui investit ce musée au cœur de la nuit. C'est bien là, n'est-ce pas, qu'à cette époque vous monnayiez vos charmes ?

— On gagne sa vie comme on peut. Vous n'avez pas à me juger ! Je n'ai pas eu la chance d'avoir un pater qui m'ait payé des études dans les hautes écoles, comme vous !

— Moi, je n'ai pas eu de pater du tout ! Raté, répliqua net Trélissac.

Un silence s'insinua entre les deux garçons.

— Qu'est-ce que vous voulez me faire dire ? hurla tout à coup Dorval. Que je faisais le tapin ? Que je taillais des pipes à de bons pères de famille, à de riches négociants bordelais ? Eh bien, oui... Et même que j'y prenais du plaisir !

— Ça ne regarde que vous, Gérard. Je suis juste surpris par l'intérêt que vous portez aux dessins qui remplacent les toiles volées. Vous les avez observés avec un soin très particulier. C'est étonnant pour quelqu'un qui n'a pas fait d'études... disons artistiques.

— J'ai appris à m'intéresser au travail de Lautrec. Il dessinait bien, n'est-ce pas ? Vous avez vu ce tableau avec les trois chevaux ? Les trois canassons, ils sont plus vrais que nature !

— Sauf que ce dessin n'est pas de Toulouse-Lautrec, rectifia Trélissac.

Le gardien parut embarrassé comme un analphabète à qui l'on demande de lire le journal.

— Et c'est de qui alors ?

— De Princeteau, un de ses amis peintres.

— Ah bon... soupira Dorval, un peu déçu.

— Pourtant, Paul Dupuy vous a appris des choses sur l'artiste ?

— Paul ? Il était incollable sur Lautrec !

— Vous n'avez pas une petite idée du lieu où il se cacherait ? Vous êtes un de ses proches, et même un peu plus, je crois...

— Disons qu'on a pris du bon temps ensemble.

— Qui pourrait vous le reprocher ? Vous étiez très intimes ces derniers temps ?

— Depuis quelques mois, on se voyait moins souvent. Mais nous étions restés bons amis.

— Pourquoi parlez-vous au passé, Dorval, comme si Dupuy n'était plus de ce monde ? Vous en savez davantage que vous ne le laissez supposer ?...

— Non, je vous le promets. C'est curieux, cette disparition subite, cela ne lui ressemble pas.

— Cette liaison vous autorisait-elle à voyager tous les deux ?

— Non. Quand on faisait des balades, c'était dans le Tarn, Toulouse des fois...

— Vous n'êtes jamais allés à la mer ensemble, je ne sais pas, moi, à Palavas ou sur la Côte d'Azur ?

— Jamais ! répondit fermement le gardien qui opta pour un ton tranché.

— Vraiment ? insista Théo.

Le surveillant de nuit n'était plus qu'une ombre qui vacillait. La batterie de la torche méritait d'être rechargée. Les toiles de Toulouse-Lautrec prenaient les traits de paravents chinois derrière lesquels se profilaient les silhouettes de ces filles remontant langoureusement leurs bas et leurs jarretelles dans l'alcôve de ces bordels qui leur servaient de pensions de famille.

— Je crois savoir que Coustot a demandé au parquet un mandat de perquisition au domicile de la femme qui désormais partage votre vie. Bien sûr, elle ignore tout de votre passé ?

— Je n'ai rien à cacher, monsieur Trélissac !

— Pourquoi, en ce cas, ne pas me dire que vous êtes parti en vacances avec Dupuy sur la Côte d'Azur, à Nice par exemple ?

— C'était au début que nous nous connaissions, Dupuy et moi. Ce voyage était pour Paul notre lune de miel.

— Vous vous êtes rendus chez sa sœur. Elle habite Menton, n'est-ce pas ?

— Exact. Elle était contente de revoir son « Petit Paul ». Elle en pleurait de joie. Même que, pour fêter leurs retrouvailles, elle nous a invités au restaurant du *Negresco*.

— La sœur de Paul soupçonnait-elle le type de relations que vous entreteniez avec son frère ?

— Paulo ne se cachait vraiment pas. On se bécotait même à table ! Non, c'était une femme très élégante qui a tout compris de notre manège le jour où elle est venue nous chercher à la gare avec son cabriolet couleur lilas.

— Donc vous vous affichiez ouvertement avec Dupuy ?

— Oui, sauf le soir. Paulo me laissait alors libre de faire quelques extras du côté de la baie des Anges…

— On ne se refait pas ! ajouta Théo, un rien persifleur.

— C'était notre contrat. Il restait chez sa sœur à faire des réussites avec elle. C'est une femme drôle et un peu naïve. Un jour Paulo, au restaurant, lui a demandé si elle était pour ou contre le mariage des prêtres. Et vous savez ce qu'elle a répondu ?

Théo adopta un étonnement de circonstance.

— « Oh, mon Dieu, mon Dieu, s'ils s'aiment ! »

Trélissac ne put s'empêcher de rire.

La tension était retombée entre les deux hommes. Puis Dorval prit l'initiative de demander à Trélissac de l'accompagner au magasin, car il devait recharger la batterie de sa torche.

Le magasin était un réduit de neuf mètres carrés ; les gardiens y déposaient leurs effets personnels pendant le service dans des armoires métalliques juxtaposées et un peu cabossées, où étaient inscrits les noms de chaque gardien : Dorval, Dupuy, Lazaret, Pizzolini, Serzski... Au-dessus du cadenas qui verrouillait le placard dévolu à Dupuy était collée la photographie d'une pin-up à la poitrine généreuse. Paulo trompait bien son monde. Puis, sur une table bancale, il y avait une série de lampes torches avec différentes batteries qu'il convenait de recharger après chaque ronde.

Gérard Dorval proposa une chaise à Théo :

— Vous voulez une bière, une fraîche ?

Théo accepta.

— Dites-moi, monsieur Trélissac, comment êtes-vous entré dans le musée ?

— Par la porte, vous dis-je.

— Vous me racontez des craques !

— À chacun son tour ! fanfaronna Théo.

— Qu'est-ce que vous attendez de moi ?

— Vous seul savez où Dupuy se terre ! Sa disparition inexpliquée est pour le moins suspecte. Et votre liaison fait de vous le complice parfait. Reste le motif, mais c'est une autre paire de manches… Je vous conseille, si vous êtes véritablement hors du coup, de vous montrer coopérant, sinon…

— Sinon ? riposta Dorval, nerveux.

— Sinon, vous allez au-devant d'emmerdements !

Et Théo d'ajouter :

— Mieux vaut soulager votre conscience !

— Vous parlez comme un curé.

— Ne sommes-nous pas dans l'enceinte d'un palais épiscopal ? renchérit Théo, qui ne parvenait pas à faire de son interlocuteur un être antipathique – bien au contraire.

— De toute façon, tout ce que je pourrais vous dire, vous allez le cafter au flicard de Toulouse.

— La police, Cantarel, Dorléac et moi n'avons qu'un seul objectif : récupérer au plus tôt les tableaux volés. Après…

— Après quoi ? clama Dorval.

— Je vais vous faire une vraie réponse de curé : après, il vous sera beaucoup pardonné.

— Monsieur Trélissac, avec tout le respect que je vous dois, j'ai l'impression que vous vous foutez littéralement de ma gueule !

— Si vous n'êtes pour rien dans la disparition des Lautrec, il faut le prouver. Et très vite !

— Vous me voyez en trafiquant d'art ?

— Pour être très honnête avec vous : non. En revanche, que vous fassiez la sale besogne pour le compte d'un commanditaire ne me paraît pas une hypothèse farfelue. Votre goût pour l'argent facile peut faire de vous un excellent homme de paille.

— Putain, si je vous dis que j'y suis pour rien !

Le jeune gardien avait violemment tapé du poing sur la table, renversant le chargeur de la torche électrique. Ses tempes trahissaient le bouillonnement de ses veines, ses narines frémissaient.

— Un dernier détail, monsieur Dorval, assez privé j'en conviens. Quelle était vraiment la nature de votre relation avec Paulo. Était-il généreux ?

— Vous plaisantez ou quoi ? Dupuy, depuis des mois, il n'avait plus une thune !

— Il avait son salaire, comme vous du reste. Le statut d'agent municipal n'est peut-être pas très lucratif, mais il y a la sécurité de l'emploi, comme l'on dit. Alors, que faisait votre ami de sa paie ?

— Il me disait qu'il devait rembourser une vieille dette… lâcha Dorval, évasif.

— Une dette de quel ordre ? insista Théo.

— Est-ce que je sais, moi ?

— Parlez-moi franchement : est-ce que Dupuy n'était pas plutôt victime d'un chantage ?

— Qu'est-ce qui vous fait dire cela ?

— Je ne sais pas, moi. Des gens malintentionnés le menaçant de révéler son homosexualité.

— C'était sa hantise, vous avez raison… Quand il me demandait de passer le voir chez lui, il voulait que ce soit toujours après le coucher du soleil.

— En réalité, il n'était libre de ses mouvements et de ses mœurs que quand il n'était pas à Albi.

— Il avait toujours l'impression d'être épié, confirma le gardien de musée qui lissait le pli de son pantalon de service.

— Fréquentait-il les fils Labatut ?

— Pas que je sache. Pourquoi me demandez-vous ça ? Ils ne sont pas de la chapelle, ni l'un ni l'autre. Encore que le cadet, je n'en mettrais pas ma main à couper. Ce sont de petits glandeurs qui ont fait le malheur de ce pauvre René. C'est pour cela qu'il a préféré en finir avec la vie !

— De quoi vivent-ils ?

— J'en sais fichtre rien. Ils venaient taper le vieux assez souvent. J'apprendrais qu'ils sont un peu proxénètes sur les bords, cela ne me surprendrait qu'à moitié...

— On m'a dit en effet que quand ils débarquaient à la loge du musée, c'était toujours accompagnés de pépées plutôt bien roulées.

Théo regardait Dorval du coin de l'œil en même temps qu'il sirotait sa Kanterbräu.

— Style ?

— Plutôt vulgaires. On trouve les mêmes tous les soirs, hiver comme été, sur les berges du canal du Midi à Toulouse.

— Je vois le genre, appuya Trélissac, même si je ne vous trouve pas très confraternel.

— Faites pas chier avec ça ! C'est du passé. Je n'ai ni honte ni fierté !

— À vrai dire, les fils Labatut ont de qui tenir. Leur mère n'est pas franchement farouche...

— Tous les gardiens, sauf Paulo, lui sont passés dessus !

— Même vous ? demanda Théo.

— Je ne m'interdis rien dans la vie. Elle est encore très bien conservée pour son âge.

— Je confirme.

— Ne me dites pas que, vous aussi... monsieur Trélissac ?

— Non, mais il y a eu de sa part tentative de corruption.

— La Micheline, elle porte bien son nom. Elle accroche vite les wagons !

— Vous pensez que ses fils ont tenté de rançonner Paulo ?

— Il ne m'a jamais rien dit qui pourrait ressembler à ça. Je sais seulement qu'il ne pouvait pas voir la mère Labatut en peinture.

— C'est assez navrant dans un musée ! plaisanta Théo.

— C'est quand même pas la Vénus de Millau, la Micheline !

— De Milo, rectifia l'assistant de Cantarel.

— Peu importe d'où elle vienne !

— Milo n'est pas en Aveyron, mais plutôt dans la mer Égée, professa Trélissac d'un air très sérieux.

— En tout cas, j'espère que M. Dorléac ne va pas embaucher son adjudant de mes couilles comme concierge !

— Vous le connaissez ?

— C'est un ancien catcheur qui veut se reconvertir dans la boxe. Il s'entraîne régulièrement au *Ring Parade*, la salle où je vais tous les jeudis, sur la route de Castres.

— Et alors ?

— Il n'est pas clair, ce mec. C'est un vantard ! Il est fier d'avoir joué de la gégène sur ses prisonniers en Algérie. Vous voyez le genre ?

— Je pense que Dorléac sera sensible à ce type d'argument.

Le gardien de nuit se leva puis ouvrit son armoire. De la poche de son blouson en cuir, il extirpa un paquet de Lucky Strike et, spontanément, offrit une cigarette à Théo comme il avait fait, quelques minutes plus tôt, en lui tendant une bière.

— Une question, Gérard ?

— Quoi encore ?

— Tout à l'heure, quand nous avons évoqué vos virées avec Paulo, vous avez parlé de Toulouse... Que faisiez-vous dans la Ville rose ?

— Je ne suis allé qu'une fois ou deux à Toulouse avec Paulo. À chaque fois, on a passé la nuit dans une boîte à pédales.

— Laquelle ?

— Je crois me souvenir que cela s'appelait *La Cochinchine*, un nom comme ça, près de la place Saint-Georges.

— Vous vous êtes bien amusés ?

— Je me suis emmerdé. Je n'aime pas les tantes qui tortillent du cul !

— Pourtant Paulo était du style à se travestir, non ?

— Maquillé, pomponné, on pouvait le prendre pour une vraie gonzesse !

Tour à tour, les deux garçons vidaient leur canette avec un plaisir évident. Dorval laissa même échapper un rot avant de s'excuser aussitôt.

— Dites-moi, Théo, comment avez-vous pénétré dans le musée, les détecteurs à l'entrée n'ont pas sifflé ?

— Disons que je me suis laissé enfermer dans le musée sans que personne n'y trouve à redire.

— Où étiez-vous planqué, nom de Dieu ? Ne me dites rien : je parie que vous étiez dans la branloire !

— La branloire ? s'offusqua Théo en écarquillant les yeux.

— Oui, l'endroit où l'évêque se livrait, entre deux confitures, au plaisir solitaire.

— Entre deux confiteor, rectifia Théo qui imaginait déjà la tête de son patron quand il lui relaterait les dialogues de sa nuit au musée.

— Parce que tout évêque qu'il était, il n'en était pas moins homme ! ajouta le gardien en savourant une nouvelle gorgée de bière.

Une fois la bouteille vidée, Gérard Dorval s'empara d'une batterie rechargée qu'il connecta aussitôt à sa lampe torche. Il fit un essai qui se révéla concluant et, d'un éclat lumineux, aveugla Théo comme pour sceller leur complicité naissante.

La ronde de nuit pouvait se poursuivre. Même le fantôme de Lautrec ne saurait distraire Dorval de sa mission nocturne.

9

Un milan noir tournoyait au-dessus des eaux du Tarn. Les quatre hommes avançaient en file indienne sur la berge de la rivière abandonnée aux branchages et aux sacs plastique, vestiges des dernières crues de printemps. Dorléac ouvrait la marche, suivait le commissaire Coustot. Un peu plus loin derrière, Trélissac et Cantarel se frayaient un chemin sur cette rive fréquentée exclusivement par des pêcheurs d'anguilles, les soirs d'orage, quand le Tarn coule à gros bouillons.

Avec son costume trois pièces, ses Weston et son feutre sombre, Séraphin avait des airs de sous-préfet aux champs. Muni d'un bâton, Théo lui dégageait le passage afin qu'il ne revienne pas en loques au musée.

L'expédition se révélait plus harassante et plus compliquée que prévu. L'accès à la Gravière avait été barré depuis longtemps ; il y avait belle lurette qu'on n'extrayait plus de gravier du lit du Tarn. Il ne restait donc plus de cette carrière désaffectée qu'un vieil abri métallique, rongé par la rouille, hébergeant parfois quelques vagabonds ou clochards.

Plus rarement, le cabanon était le théâtre des amours interdites. C'était à la Gravière que les gamins d'Albi fumaient leurs premières cigarettes, souvent leurs premiers joints. C'était aussi là que les jeunes filles abandonnaient leur pucelage.

— Allez à la Gravière, vous y trouverez ce que vous cherchez ! tel était le message laconique qu'avait reçu le matin même Mlle Combarieu.

Une voix masculine et grave précédée d'un long soupir.

— Mais, monsieur, qui êtes-vous ?... avait insisté la secrétaire du musée, interloquée.

Le correspondant avait déjà raccroché.

Aussitôt, Mlle Combarieu avait investi le bureau du conservateur et lui avait narré d'une voix chevrotante ce coup de fil aussi anonyme que bref. La malheureuse était toute retournée et tremblait encore comme si elle avait été victime d'une prise d'otages.

— Calmez-vous, Denise ! C'est certainement l'œuvre d'un plaisantin, mais je vais tout de même prévenir Coustot et alerter M. Cantarel.

Jean Dorléac téléphona aussitôt au policier qui accourut dans le quart d'heure suivant. Séraphin interrompit sa énième visite de la cathédrale Sainte-Cécile en compagnie d'Hélène. Quant à Théo, il fallut laisser sonner le téléphone plus de dix minutes dans sa chambre d'hôtel pour qu'il daigne enfin décrocher. Il est vrai que sa nuit avait été courte, quoique riche d'enseignements.

Coustot partageait le scepticisme de Dorléac. Pourtant, il n'était pas question d'ignorer cette piste, si fantaisiste fût-elle.

— Savez-vous où est située cette foutue Gravière ? demanda-t-il, irrité.

— C'est à trois ou quatre kilomètres de la ville. On peut prendre ma voiture. Mais je vous préviens, les amis, il va falloir marcher un peu, car l'accès est impossible à tout véhicule.

— C'est parfait ! dit Séraphin. J'avais justement envie de me dégourdir les jambes. Pas vous, Théo ?

— Oh, moi, j'ai passé une nuit blanche…

— Malade ?

— Pas exactement, je vous raconterai cela plus tard, patron.

— Vous êtes incorrigible, Théo !

Le commissaire Coustot avait déjà enfilé sa gabardine. Dorléac l'imita, mais ne put s'empêcher de marmonner :

— Mes Lautrec à la Gravière. Je n'y crois pas !

— Pour ne rien vous cacher, moi non plus ! renchérit Cantarel. Néanmoins, imaginez que nous retrouvions deux des tableaux volés, vous seriez, passez-moi l'expression, sur le cul !

— Et pourquoi pas les trois ? demanda Dorléac.

— Parce que les vols ont été commis séparément et que j'ai du mal à concevoir un voleur repentant qui remettrait l'intégralité de son butin dans un endroit aussi sordide qu'une cabane pour marginal en mal de sensations fortes…

— C'est aussi mon avis, approuva le garant des œuvres de Lautrec.

Pendant que chacun avançait en direction de l'ancienne gravière désaffectée, Coustot se taisait. Cette histoire était vraisemblablement un canular destiné à lui faire perdre son temps. Pourquoi n'avait-il pas ordonné la mise sur écoute téléphonique du musée, mais aussi et surtout de la totalité du personnel de la Berbie ? Puisqu'il était convaincu que les vols avaient bénéficié d'une complicité à l'intérieur du musée, il convenait de battre le fer très vite et de verrouiller toutes les hypothèses. Avec un peu d'anticipation, il aurait pu localiser cet appel anonyme et coffrer le corbeau qui le conduisait tout droit vers une piste des plus fumeuses.

Le rapace n'en finissait pas de tournoyer au-dessus des peupliers calcinés qui jalonnaient l'affluent de la Garonne. La Gravière était désormais en vue. Dans une poignée de minutes, l'équipée serait sur les lieux. Déjà le toit rouillé de la cabane émergeait parmi une frondaison d'arbrisseaux au vert tendre. Le ciel alternait nuages de plomb et napperons bleus. Le Tarn exhalait une odeur de vase qui écœurait Séraphin.

Le lieu paraissait désert. Un raton laveur fusa entre les pieds de Dorléac, qui poussa un cri.

— Saloperie ! s'écria l'autochtone en cherchant désespérément sa pochette pour essuyer son front en nage.

— Je croyais que ce type de bestiole ne sortait que la nuit ? s'étonna Trélissac.

— Il a dû sentir une charogne, pronostiqua Cantarel, pas mécontent d'arriver au terme de cette escapade forcée.

L'abri était bien plus grand et plus isolé que ne l'avait dit Dorléac. On aurait dit un immense tunnel en tôle, compartimenté en trois parties, ancré au cœur d'une peupleraie en friche. Une seule porte donnait accès à cet ancien abri de chantier. Il y avait longtemps que le cadenas avait été forcé et que l'espace était ouvert à tout vent.

Les quatre hommes s'approchèrent de l'affreuse construction métallique, une véritable insulte à la nature.

— À vous l'honneur, Dorléac ! ordonna Coustot qui profita de la perplexité de chacun pour allumer une Gitane.

— Si nous avons affaire à de véritables amateurs d'art, nous allons retrouver les toiles roulées, ironisa Séraphin Cantarel, qui suivit Dorléac dans sa frileuse exploration des lieux.

Le temps pour chacun de s'habituer à la pénombre qui emplissait cet espace jonché de vieux journaux, de bouteilles fracassées et de canettes de bière éventrées, et la fouille pourrait commencer. La Gravière s'apparentait davantage à un squat qu'à une cabane pour amoureux transis.

— Quel foutoir ! déclara Théo.

Dans un coin de la première pièce, un sommier pisseux avait dû servir maintes fois de paillasse à des zonards et autres inconditionnels de la cloche.

La deuxième pièce n'était guère plus hospitalière. Autour d'un brasero, des caisses en bois constituaient l'unique mobilier de ce taudis encombré de revues pornographiques et de *Paris-Turf* en lambeaux.

Coustot usa de son briquet pour scruter d'une flamme vacillante les recoins de ce repaire qui sentait atrocement l'urine et les pommes pourries.

— C'est un canular, vous dis-je ! maugréa Jean Dorléac.

Séraphin ne pipait mot, cherchant obstinément un indice, un carton, une caisse, où ses Lautrec auraient trouvé refuge. Peine perdue. Il n'y avait rien qui vaille dans ce fatras que même un biffin aurait renié.

— Messieurs, nous perdons notre temps ! fit remarquer le commissaire, furax. Je suis persuadé qu'à quelques mètres d'ici, un gars, derrière ses jumelles, doit à nos dépens se marrer comme un bossu. Si je lui tombe dessus, je lui fais bouffer toute la merde accumulée dans ce nid à rats !

— Qu'est-ce que ça schlingue ! pesta Théo, qui avait entrepris d'explorer la troisième pièce, aussi sombre qu'un cul-de-basse-fosse.

— Laissez tomber, Théo. Ne perdons pas notre temps dans ce taudis ! ordonna Cantarel.

— Passez-moi votre briquet, commissaire !

Fernand Coustot bougonna quelque peu avant de s'exécuter.

— J'ai envie de gerber, tellement ça sent mauvais ! persista l'assistant de Cantarel qui ne cessait d'éteindre et de rallumer le briquet pour ne pas se brûler les doigts.

Son ombre dansait sur les parois quand soudain une silhouette féminine, couchée en chien de fusil, se dessina devant lui.

— Putain, il y a une gonzesse qui dort ici !...

À cran, l'inspecteur pénétra à son tour dans cette tanière d'où émanait, il est vrai, une odeur pestilentielle. Comme pour déloger l'intruse, il jeta un coup de pied dans les tibias de la femme, allongée à même le sol dans un magnifique fourreau de soie couleur fuchsia.

Le corps était inerte, flasque. Sans vie. Coustot promena sa flamme au-dessus du visage de la malheureuse : peau parcheminée, yeux révulsés, lèvres maculées de sang caillé, traces évidentes de strangulation.

— Étranglée avec un câble d'acier ! diagnostiqua Coustot qui, du coup, en avait laissé tomber son mégot.

Pétrifié, Trélissac avait sous les yeux un cadavre sur lequel la mort avait commencé son inexorable travail de putréfaction. Il fit un pas en arrière avant d'aller vomir tripes et boyaux dans un coin obscur.

Dorléac et Cantarel n'osaient avancer. Alors que le premier était en proie à de nouvelles sueurs froides, le second lustrait avec sa pochette en lin ses délicates lunettes cerclées d'or.

— Aidez-moi, monsieur Trélissac, à tirer le corps à la lumière du jour ! demanda Coustot.

— Accordez-moi une minute, commissaire. Que je reprenne un peu mes esprits ! supplia Théo.

— Vous êtes un garçon sensible, je sais... Vous vous attendiez à retrouver votre *Lautrec*, votre *Routy* ou *Gabriel de Céleyran*, et vous avez droit au cadavre d'une femme sans âge qui n'a pas su échapper à la perversité de son assassin. La vie est cruelle, n'est-ce pas ?

Dans son dos, Théo entendait les supputations des deux conservateurs. Ses yeux s'étaient maintenant habitués à l'obscurité. Coustot et lui prirent une cheville de la malheureuse et traînèrent le cadavre d'une pièce à l'autre jusqu'à ce que la lumière laiteuse éclaircisse le corps encore paré de ses bijoux. Manifestement, le vol n'était pas le mobile de ce crime crapuleux.

Dans ce transport sans ménagement auquel avaient assisté, blêmes et silencieux, Séraphin et Dorléac, la victime avait perdu sa belle chevelure blonde. L'étranglée portait donc une perruque.

Théo détaillait à présent ce corps gisant à ses pieds. Il lui inspirait du dégoût, de l'horreur, mais aussi un sentiment d'étrangeté. Le cadavre, déjà livré aux mouches, le dérangeait sans qu'il sache dire pourquoi. Le fourreau de la robe en soie avait souffert de ce transfert. À plusieurs endroits, il s'était déchiré, laissant entrevoir le galbe d'une des jambes de la suppliciée encore gainée d'un bas résille.

Jean Dorléac avait préféré sortir du hangar rouillé plutôt que de supporter la vision de ce cadavre fétide qui avait déjà entamé sa décomposition. Séraphin l'avait imité et tentait d'absorber des bouffées d'oxygène pour recouvrer une vitalité battue en brèche par tant d'imprévus.

Seuls Coustot et Théo contemplaient ce polichinelle désarticulé dont le visage était entaillé d'un rictus.

Tout à coup, Théo ne put réprimer un fou rire qui secoua ses larges épaules.

— Qu'est-ce qui vous prend, monsieur Trélissac ? s'inquiéta le policier.

— Rien, c'est nerveux, commissaire !

Théo riait de plus belle.

— Non, c'est idiot, ce que je vais vous dire, monsieur Coustot. Mais j'ai comme l'impression que notre Rita Hayworth est en réalité un travelo !

Le commissaire considéra Trélissac d'un œil approbateur.

— Nous allons en avoir le cœur net ! rétorqua l'homme de la PJ qui, d'une main ferme, déchira plus encore la robe de la victime.

Sa culotte blanche affichait une protubérance qui ne laissait aucun doute sur la nature de son sexe.

— Monsieur Dorléac, venez voir ! hurla Coustot.

— Monsieur le commissaire, si vous pouviez m'épargner ce genre de spectacle, je vous en serais extrêmement reconnaissant !

— Je ne veux précisément rien vous épargner. Mais j'ai comme l'impression que la victime fait partie de votre personnel…

— Que me dites-vous là ?

Le conservateur du palais de la Berbie balaya son front de la manche avant d'affronter le macabre spectacle. Séraphin l'imita.

— Mais... Mais c'est Dupuy, nom de Dieu ! s'exclama Dorléac.

— Et la mort ne remonte pas à hier ! assura Coustot qui n'en était pas à ses premiers macchabées.

— Pensez-vous, commissaire, qu'elle est concomitante du vol des Lautrec ? demanda Séraphin.

— Seule l'autopsie pourra le déterminer, mais cela ne me paraît pas improbable.

— Pauvre Dupuy ! répétait inlassablement Dorléac, qui ne pouvait se résoudre à la mort de son gardien de nuit.

Coustot fouilla nerveusement les poches de son pantalon avant d'en extraire son paquet de Gitanes. Il s'empressa de griller l'une d'entre elles, mais l'odeur du tabac brun ne parvenait pas à dissiper celle, pestilentielle, qui se dégageait du cadavre.

— Et de deux !

— Pardon, commissaire ? bredouilla Dorléac, l'air visiblement absent.

— Je disais que votre affaire a déjà fait deux morts et nous ne sommes pas au bout de nos peines. Un suicide, un homicide, deux vols, dont un sans effraction, il va falloir que je demande du renfort à Toulouse.

Quand les hommes abandonnèrent le cadavre de « Petit Paul », le milan noir signait de nouvelles arabesques au-dessus des eaux safranées du Tarn.

Il n'était pas loin de midi et personne n'avait d'appétit. Dans moins de deux heures, le corps de Paul Dupuy reposerait à la morgue d'Albi sous un drap blanc, aussi blanc que les lilas qui enchantaient son petit jardin tapissé de crocus.

Qui désormais nourrirait le vieux matou du 47 de la rue du Puits-Vert ? Margot peut-être ?

La vieille femme tomberait certainement de l'armoire en apprenant le lendemain dans *La Dépêche, Le Tarn libre* ou *La Croix du Midi* que son « si gentil voisin » se travestissait tous les week-ends et s'exhibait sur les scènes de boîtes de transformistes qu'abritait la Ville rose.

10

— C'est notre champagne du Sud-Ouest ! avait déclaré Jean Dorléac en portant un toast à la petite assemblée réunie autour de sa table.

Il fallait bien ce vin mousseux du Gaillacois pour dissiper un tant soit peu la funeste nouvelle qui avait ébranlé tout le musée.

Et le conservateur albigeois y était allé de son érudition quant à ce breuvage blond qui pétillait dans la coupe de chacun des convives :

— Au risque de vous surprendre, mes amis, mais Gaillac est le plus ancien producteur de vin mousseux naturel, bien avant la Champagne ! Henri III d'Angleterre en fit envoyer, en 1253, une barrique de *mustum*[1] et *mulsum*[2] au vicomte de Southampton.

— Dom Pérignon doit se retourner dans sa tombe ! railla Séraphin.

— Notre fameux dom Pérignon n'entre en scène qu'au XVIIe siècle. Le procureur de l'abbaye d'Hautvillers, puisque tel était son titre, prétend avoir inventé le champagne mousseux à partir de quelques

1. Vin doux. (*N.d.A.*)
2. Miellé. (*N.d.A.*)

secrets infaillibles. Or le génie de Pérignon, ce n'est pas la manipulation chimique, mais tout simplement l'observation !

— Vous avez raison, Dorléac. Il faut observer de près. De l'observation naît l'explication, pontifia Cantarel.

— Séraphin, on croirait entendre un vieux prof que j'avais à la Sorbonne !

Le menton calé sur ses deux poings, la mine claire et réjouie, Jeanine Dorléac semblait apprécier le naturel d'Hélène. Une sorte de complicité féminine face aux certitudes affichées par leurs maris zélés.

Théo ne bronchait pas, tout acquis à l'émeraude des yeux de Cécile, la fille unique des Dorléac.

— De toute façon, l'histoire plaide en notre faveur, puisque la commission des antiquités de la Ville de Castres dispose de documents attestant de l'antériorité de notre mousseux !

— Notez, Théo, vous qui devez vous rendre prochainement à Troyes, vous aurez un peu de matière pour tenir tête à vos interlocuteurs !

— Merci, patron, de faire ma culture œnologique, mais je n'ai pas attendu de vous connaître pour boire de la blanquette de Limoux !

Hélène et Jeanine esquissèrent en chœur un sourire, manifestement sous le charme de ce garçon dont le franc-parler avait quelque chose d'authentique et de rafraîchissant. Plus encore que la boisson sur laquelle dissertaient les invités des Dorléac.

— Il faut relire les Mémoires du chanoine…

— … Kir ! s'esclaffa Cécile comme si elle était déjà pompette.

— Non, ma chérie ! reprit son père, le chanoine Kir, c'est la Bourgogne, le pays du cassis…

— … Et de quelques vins fameux ! ajouta Séraphin.

— Je vous l'accorde, concéda Dorléac qui, en homme du Sud-Ouest, avait toujours préféré les bordeaux aux bourgognes.

— Alors, de quel chanoine s'agit-il ? demanda Hélène, toujours curieuse d'anecdotes en marge de la grande histoire.

— Du très onctueux chanoine Lagger qui, évoquant le Gaillacois, a su trouver les mots qui sonnent juste à mon oreille : « Ce terroir clair de vin mousseux qui me ferait renier le vin de messe pour le pétillant que me tend Satan ! »

Hélène Cantarel échangea un regard furtif avec Théo. Peut-être ce chanoine égrillard faisait-il partie de cette kyrielle de figures peintes dans l'Enfer de la cathédrale Sainte-Cécile ?

Et Jean Dorléac d'ajouter, après avoir vidé sa coupe :

— Dans ses écrits, le chanoine Lagger évoque le terrible hiver 1709 où un grand banquet eut lieu sur le Tarn totalement gelé. On y but force vins produits dans le pays et beaucoup de gaillac mousseux !

— Le Tarn prisonnier des glaces ? s'étonna Théo.

— Le phénomène est assez rare, mais j'ai déjà connu cela lors de l'hiver 56. C'était en février. Le thermomètre était descendu jusqu'à – 30°. Le Tarn était un ruban blanc sur lequel on patinait... à glace.

— Toi, papa, sur des patins, alors que tu n'as jamais su tenir sur une paire de skis ? ricana Cécile en dissimulant ses lèvres derrière sa serviette blanche.

— Jean, tu ne vas tout de même pas imposer à nos amis tes souvenirs d'un autre temps !

Dans le coin de l'œil gauche, Jeanine Dorléac avait une légère coquetterie qui lui conférait une fragilité qu'elle compensait en rudoyant gentiment son mari d'une voix grave. Elle était certes moins cultivée que son érudit d'époux ; pour autant, ses connaissances et son incomparable savoir-faire sur le terrain de la gastronomie épataient souvent plus leurs amis que le savoir de Dorléac sur Lautrec ou tout autre peintre dont il se gargarisait.

Le dîner avait commencé par un foie gras truffé, mi-cuit au torchon, accompagné d'un gaillac doux de Mauzac qui déclencha, dès la première goutte, un concert de louanges. S'ensuivit un civet de marcassin assorti d'une compotée de cèpes. Dorléac dérogea à la règle des vins du terroir au profit d'un des trésors de sa cave : un cheval-blanc d'après-guerre. Millésime 1947.

— Vous nous gâtez, Jean ! Quelle merveille ! s'extasia Séraphin. Un vin tout en souplesse et en puissance, plein de générosité…

Cantarel multipliait les qualificatifs tandis qu'Hélène, le nez dans le verre, déclinait les arômes :

— Cèdre, réglisse, prune confite…

Béat d'admiration, Théo se délectait des paroles de celle qui, la veille, l'avait initié aux péchés de l'Enfer.

L'œil mutin et le nez en trompette, Cécile ne paraissait pas insensible à son charme. Quelque peu entremetteuse, la maîtresse de maison les avait placés face à face. Ils se découvriraient bien quelques affinités…

Cependant Dorléac et Cantarel dominaient les débats. Bien sûr, on enterra les sujets qui fâchaient, à commencer par ce pauvre Dupuy dont le cadavre hantait encore les esprits de chacun, on évoqua les talents culinaires de Micheline Labatut, tout en faisant l'impasse sur son apprentissage plutôt réussi du veuvage. Théo livra tous les détails de sa nuit au musée. Dorléac en fut tout ébaubi. Quelle audace !

Cécile redoubla d'intérêt pour ce garçon qui bravait les interdits et jouait les Belphégors.

— Votre visite nocturne, aussi peu orthodoxe soit-elle, Théo, m'a alerté sur une chose : pas question d'embaucher cet ancien adjudant comme concierge ! J'ai suffisamment ma dose d'emmerdements avec ce musée sans recruter un catcheur sur le retour, fier de ses exploits en Algérie. C'est mettre le ver dans la pomme. La mère Labatut n'avait qu'à mieux choisir ses amants !

— Je ne vous le fais pas dire ! brocarda Séraphin avant d'engloutir une nouvelle lampée de ce cheval-blanc 47 d'une étonnante suavité et de renchérir : Tout de même, cette Mme Labatut, c'est un sacré numéro !

— Mon cher, Lautrec, toute sa vie durant, ne s'est entouré que de femmes légères ! répliqua Dorléac.

— C'est vrai ! confirma Hélène en reposant son verre, mais c'était en chambres closes, si je puis m'exprimer ainsi. Le handicap physique de Lautrec le condamnait nécessairement à fréquenter les maisons de tolérance pour satisfaire un besoin que tout le monde s'accorde à dire… physiologique.

— Décidément, Hélène, vous ne sombrez pas dans le romantisme ce soir, objecta Théo.

— Ce qui n'a certainement pas empêché votre Lautrec de tomber amoureux d'une ou de plusieurs de ces malheureuses filles…

— Ma femme sait se montrer féministe à ses heures ! s'excusa Séraphin.

— Puis-je vous faire remarquer que l'égalité est respectée à cette table ! Trois hommes, trois femmes ! souligna Jeanine Dorléac qui trouvait ce dîner beaucoup moins ennuyeux qu'elle ne le redoutait.

— Je vous préviens, ma femme est intarissable sur les maisons closes. J'en suis à me demander si, dans une vie antérieure, tu n'as pas été, mon amour, tenancière de claque.

Le mousseux de Gaillac et le cheval-blanc 47 n'étaient pas étrangers à l'humour grivois qui émaillait les conversations honorant la savoureuse cuisine de Jeanine Dorléac. Qui aurait pu imaginer que, ce même jour, le mystère Lautrec compterait un second cadavre ? Dans le même temps, un nouveau système de détection prétendument infaillible faisait du palais de la Berbie une citadelle désormais imprenable, alors que le musée n'avait toujours pas de concierge appointé et qu'il convenait de recruter dare-dare un nouveau gardien de nuit.

Pendant ce temps-là, rue Saint-Julien, les rires fusaient et Lautrec, comme toujours, à défaut de mener la danse, agitait les débats.

— Savez-vous, monsieur Dorléac, quel est le mot de la langue française qui ne compte pas moins de vingt-cinq synonymes ?

Hélène Cantarel jeta un coup d'œil circulaire autour de la table afin de s'assurer que personne ne connaissait la réponse.

— Je crois savoir… dit Théo.

Les regards convergèrent vers le jeune homme dont les pommettes rosirent quelque peu :

— L'ivresse ! Il paraît qu'il existe plus de deux cents expressions pour signifier être saoul !

Cécile éclata de rire.

Théo s'esclaffa à son tour.

— Comme toujours, vous avez réponse à tout, Théo ! Je crois, hélas, que vous avez raison. Mais non, le terme que nous recherchons ne compte, à ma connaissance, qu'une trentaine de synonymes. Je vous donne un indice : il s'agit d'un lieu que, j'espère, vu votre jeune âge, vous ne fréquentez pas.

— Ah, je sais ! insista Théo.

— Je vous écoute.

— Euh… Un bordel ?

— Exact !

— Et pourquoi en serais-je interdit ? persista Théo en entaillant son visage d'un sourire coquin.

Décidément, ce dîner se répandait en vins délicats, mets succulents et bons mots.

Chacun, autour de la table, avança quelques noms désignant les fameuses maisons de tolérance. Pour lettrés qu'ils fussent, les convives se révélèrent vite à sec de vocabulaire. Une fois cités les classiques du type : boxon, lupanar, claque, hôtel borgne, hôtel de passe, foutoir, boîte à parties et autre bazar, Hélène Cantarel fit, en ménageant ses effets de langage, la culture de ses amis.

— Il est une expression que j'aime par-dessus tout : l'abbaye des s'offre-à-vous, n'est-ce pas charmant ? Mais on désignait aussi les bordels au XIXe siècle sous le nom de bobinard, bocard, boîte à vérole, bordeau, mais encore clandé, maison d'abattage ou de société, c'est très chic, vous ne trouvez pas ?

— Ne disait-on pas un poulailler ? avança Jean Dorléac, l'œil coquin.

— Je reconnais bien là l'amateur de cocottes ! plaisanta Hélène en prenant Jeanine à témoin.

— Allez, papa, cherche un peu dans tes souvenirs de garçon débauché ! scanda Cécile que ce jeu amusait follement.

— Volière ? dit Dorléac.

— Exact, mais à cette liste, on peut rajouter : pouf, taule, et la liste n'est peut-être pas exhaustive. Avez-vous entendu parler, messieurs, du *Guide Paggiole* ? C'était un annuaire recensant toutes les adresses des maisons de tolérance de France, d'Algérie, de Tunisie, de Belgique, d'Italie et d'Espagne. Il était vendu alors au prix de 5 francs et 50 centimes.

— À quelle époque, chérie ? demanda Séraphin.

— En 1892, si je ne m'abuse. Il a été très vite retiré de la vente, mais il fut aussitôt remplacé par le *Guide Gervais*…

— Son auteur, je parie, était petit, lubrique et suisse ! renchérit Théo, hilare.

— Décidément, quand je vous dis que vous avez réponse à tout, mon Théo !

Cécile pouffa et se fit plus complice encore du garçon de son âge.

— Quand le *Guide Gervais* fut interdit à son tour, il y eut le *Guide Rose* que l'on se passa alors sous le manteau…

— Vous êtes incollable sur le sujet, Hélène ! dit Dorléac.

Mme Cantarel distillait en effet sa science avec un réel talent de conteuse, oubliant son ancien statut d'universitaire pour n'être, l'espace d'un soir, que la confidente de ces filles un peu paumées qui louaient, encore avant-guerre, leurs charmes sur des coins de banquette à la lumière blafarde d'un lustre en opaline orangée.

— Attention, les maîtresses de maisons closes ne devaient recevoir ni mineur ni élève en uniforme ! N'empêche que, pendant les vacances scolaires, les bordels grouillaient d'adolescents fraîchement montés en graine qui venaient chercher en ces lieux un dépucelage à bon compte.

Sortant de sa réserve, Séraphin crut bon d'ajouter :

— Tu oublies de dire, ma chérie, que dans la France du XIXe siècle, les maisons closes faisaient partie du paysage, à la ville comme à la campagne. Tiens, chez moi, à Cahors, il existait deux maisons très réputées ! Elles ne suscitaient aucune hostilité de la part de la population...

— Ne me dis pas, Séraphin, que tu as découvert les plaisirs de la chair dans un boxon de ta province ?

— Je te rassure sur ce point. En revanche, j'avais un oncle qui ne s'en cachait pas et a dilapidé toute sa fortune avec une certaine Mitsa qui le poursuivait de ses assiduités hautement monnayées.

— Il devait y avoir à Albi le même type d'établissement. Je me suis laissé dire que dans l'arrière-café de chez Taillefer, deux ou trois filles peu farouches se livraient autrefois à quelques gâteries, confia Dorléac tout émoustillé.

— Ce n'était pas chez Taillefer, mais plutôt chez Taillepipe ! s'esclaffa Théo, s'excusant aussitôt de sa grossièreté qui avait eu le don de déclencher l'hilarité générale.

— Nous avons affaire au plus vieux métier du monde, n'est-ce pas ? reprit Jeanine Dorléac d'une voix qui sentait la nicotine.

— En France, l'organisation des lieux de prostitution remonte à Saint Louis, mais la première vraie réglementation, nous la devons à...

— ... Talleyrand ! s'empressa de répondre Théo.

— Pour une fois, vous avez faux, Théo !

— ... À Colbert ! lâcha Séraphin.

— Très bien, mon chéri. Notre fameux contrôleur général des finances entend alors tout régenter, jusqu'aux mœurs sexuelles des sujets de Louis XIV. C'est à cette époque que se multiplient les maisons closes dans tout Paris, en particulier dans les beaux quartiers.

— En matière de sexe, pas de lutte des classes ! claironna Dorléac.

Et Mme Cantarel de reprendre le conservateur tarnais :

— … Après 1850, il y a tellement de bordels dans Paris et dans les grandes villes de France qu'il convient de légiférer. Une loi du 17 ou 18 juillet, je ne sais plus, 1870 institue la liberté du commerce des débits de boissons, encourageant implicitement le proxénétisme de cabaret. Ainsi, les classes populaires sont invitées à fréquenter les estaminets, les cabarets et les bals alors que les classes bourgeoises iront naturellement vers les restaurants, les magasins de curiosités et les maisons de rendez-vous. Du coup, on assiste à de nouvelles vocations parmi les jeunes filles que la nature n'a pas trop mal dotées ou pour lesquelles la vie a été sans pitié : les filles de cafés…

— On croirait entendre la chanson de Piaf :

La fille de joie est belle
Au coin de la rue là-bas
Elle a une clientèle
Qui lui remplit son bas…

Séraphin poussa la chansonnette avec un accent réaliste qui épata la tablée. On réclama la suite, mais le conservateur parisien mentit éhontément en prétextant ne pas connaître le reste des paroles.

— Et chez les bourgeois ? demanda Jeanine.

— Ils préfèrent les cafés-concerts. On aurait tort de croire que c'est la passion de la musique qui a été pour beaucoup dans l'explosion des cafés-concerts au cœur des années 1880. Que ce soit à Paris ou en province !

— Nous sommes un peu éloignés du petit monde de Toulouse-Lautrec, corrigea Séraphin.

— Un peu… souligna Théo à l'ironie décidément mordante.

— Ses dessins et tableaux en disent plus que ses mœurs.

— Sa vie et son œuvre se confondent ! assena du ton le plus sérieux qui soit le jeune Trélissac.

Puis il enchaîna, contre toute attente, un exposé sur le sujet qui laissa pantois autant les Cantarel que les Dorléac : pour Toulouse-Lautrec, vu sa dégaine, l'amour tarifé, c'était quand même le plus sûr moyen d'obtenir les faveurs d'une femme ! Très tôt, il devient un habitué des « abbayes s'offre-à-vous », comme aurait dit Mme Cantarel. Il fréquente assidûment un claque situé rue Steinkerque. Parfois même, il paye une passe à son ami Vincent Van Gogh.

— Vraiment ? demanda Séraphin.

— Si je vous le dis ! Mais il n'est pas fidèle à un établissement en particulier. Il aime bien courir les bordels, encore que ce ne soit pas le terme qui convienne vu ses pattes en verre de Murano ! Il teste les vénus crapuleuses ou malheureuses, c'est selon, des maisons rue des Moulins, rue Joubert, rue des Rosiers, rue de Richelieu ou rue d'Amboise. Il a néanmoins une petite préférence pour cette dernière maison qui l'accueille avec bienveillance…

— C'est à croire, Théo, que vous étiez caché dans l'alcôve… supputa Hélène.

— J'y étais, madame, répliqua-t-il d'un air gourmand.

Cécile ne le lâchait pas des yeux.

— … En 1892, la maîtresse des lieux lui demande de décorer de son pinceau les murs du salon de « rencontres ». Lautrec va ainsi réaliser seize panneaux, de style Louis XV, chacun orné au centre d'un médaillon ovale représentant les « demoiselles » de la maison.

Lorsque Jeanine fit circuler le plateau de fromages, tous étaient suspendus à la soudaine érudition de Trélissac sur les maisons de plaisirs :

— … Quand Lautrec déserte son atelier, c'est pour aller au bal du *Moulin-Rouge* ou pour se rendre aux réunions enfiévrées de son ami Aristide Bruand, s'il n'est à aucun de ces trois endroits, c'est qu'il est au foutoir. Du reste, il ne s'en cache pas et crie au conducteur du fiacre qui doit le conduire dans un de ces lieux de luxure : « Cocher, au bordel ! »

Théo poursuivait son récit d'un ton toujours plus inspiré :

— … Qu'elles soient belles, lasses, parfois laides ou un peu ingrates, Lautrec ne cesse de coucher ses cocottes sur le papier ou sur la toile, sans vulgarité aucune, sans voyeurisme. Henri, à propos de cet univers si familier, s'exclamera : « Quel monde, celui des maisons où toute pudeur tombe ainsi que les masques !… »

— Pour peindre les œuvres que nous lui connaissons, il fallait du temps et un grand degré de familiarité avec les pensionnaires pour obtenir de chacune d'elles une pose, l'esquisse d'un mouvement, le galbe d'un sein, la cambrure des reins, observa Hélène.

— « Nulle part je ne me sens plus chez moi », dira Lautrec des lupanars qu'il fréquentait. Le règlement interdisait scrupuleusement aux clients de séjourner au-delà de quelques heures dans les maisons closes, mais Lautrec jouissait de dérogations. « Je suis l'ami des putes, confesse le nabot qui n'en finit pas de se moquer de lui. J'ai trouvé enfin des femmes à ma taille. » Il aurait pu les inviter à son atelier, mais il préférait les croquer in situ. « Le modèle est toujours empaillé. Ici, elles vivent ! »

Et Théo de citer de mémoire cette phrase que le peintre des bordels dira un jour : « Je n'oserais pas leur donner les cent sous de la pose et pourtant Dieu sait si elles les valent. Elles s'étirent sur des canapés comme des animaux… Ce sont les seuls endroits encore où l'on sache cirer les souliers, où l'on n'entend pas trop de conneries… Elles sont tellement sans prétentions… »

— Elles ont pour sobriquet : la Cafetière, le Portemanteau, Elsa, la Viennoise, Cocotte, Carmen, Balançoire, Mlle Popo ou encore Mlle Pois-Vert… Lautrec aime partager leur quotidien. Il est vrai qu'il ne manque pas d'argent, aussi déjeune-t-il à leur table, leur offre du vin et quelques caresses, auxquelles répondent les frisettes. Les filles aiment ce petit locataire, vraisemblablement bercé trop près du mur dans son enfance, mais qui ne manque ni d'humour, ni de compassion, ni certainement de talent. Le dimanche, il joue aux dés avec quelques-unes d'entre elles. Henri écoute leurs confidences, leurs griefs comme leurs petits bonheurs, il rédige leurs lettres, car certaines parmi ces beautés sont analphabètes. Il en profite pour les combler de cadeaux et se satisfait de leur sourire et d'un baiser sur les joues, pas même sur les lèvres. En voyeur discret, il assiste à leur toilette, à leurs ablutions. Parfois même, il les surprend au saut du lit, les cheveux chiffonnés. Qu'importe, Lautrec est leur ami.

— Finalement, toutes ces femmes le materment ! fait remarquer Cécile.

— Bien sûr, mais il le leur rend bien. Combien d'entre elles vont se consoler dans les petits bras d'Henri, en particulier toutes celles qui ont recours à l'avortement ? Les cas étaient fréquents. Si l'armoise ou la sauge se révélaient inefficaces, on avait recours, l'espace d'un cri, d'une longue plainte, aux grands moyens. L'acte se pratiquait alors dans un cagibi sinistre et mal éclairé. On appelait cela : « Le cimetière des innocents. »

« Lautrec dira de ces prostituées : “Elles ont du cœur ; la bonne éducation vient du cœur. Ça me suffit !” Ce respect pour ces prétendues dames sans vertu va jusqu’à la peinture sans fard, avec leurs gestes las, leurs chairs débordantes. Pas question de les caricaturer dans l’exercice de leurs fonctions, à l’exception de deux toiles dont une qui met dans un même lit deux pensionnaires lesbiennes. Aussi se contente-t-il de les esquisser d’un coup de crayon, il s’attarde sur un plissement de lèvres, un regard ténébreux, une mèche folle, un déshabillé trop large… Tout le génie de Lautrec réside dans cette perception des êtres fragiles. La retenue dans l’expression est compensée par le choix de couleurs toujours criardes, ce qui fera le succès de ses affiches…

L’assistance avait écouté Théo sans ciller. Le jeune homme avait étudié l’œuvre de Toulouse-Lautrec avec une sensibilité qui suscita le respect des deux conservateurs. Quant à Cécile, elle vouait désormais à Théo une estime qui n’avait d’égal que le sentiment amoureux qu’elle sentait monter en elle.

À l’heure du dessert, Jeanine présenta un craquelin de coings confits à l’anis étoilé. Le conservateur albigeois renonça à ouvrir le château-angélus qu’il se promettait de faire goûter à ses hôtes. Un saint-émilion sur le dessert relevait de la faute de goût. Un gaillac doux couronna donc ce repas où l’humour disputa à l’érudition les honneurs de la table.

Comme à son habitude, Jeanine s’était surpassée aux fourneaux, le choix des vins était parfait, la soirée merveilleusement réussie.

Quand le couple Cantarel et Trélissac regagnèrent leur hôtel, Séraphin brocarda son assistant :

— Je crois que vous lui avez tapé dans l'œil, à la petite Cécile !

— Si vous le dites…

— En tout cas, j'ai trouvé sa réflexion très pertinente.

— Laquelle ?

— Après votre exposé, brillant au demeurant, sur Lautrec dans les lupanars de la capitale, quand elle nous a fait remarquer qu'il était étonnant, pour ne pas dire singulier, que les voleurs se soient emparés exclusivement d'œuvres mineures et personnelles du peintre alors qu'il était tout aussi facile de voler les dessins et toiles qui ont fait la réputation « bordélique » de Lautrec. La thèse d'une éventuelle précipitation, laissant supposer que les toiles auraient été choisies au hasard, ne tient pas, puisque la complicité d'un tiers est quasiment avérée.

— Reste le cas du tableau représentant Gabriel Tapié de Céleyran, objecta Théo.

— Précisément, il s'agit d'un personnage qui touchait de très près la vie de Toulouse-Lautrec, rétorqua Séraphin. N'oubliez pas, Théo, que le Tapir était le cousin germain de Lautrec. À Paris, c'est l'un de ses plus proches compagnons. Sa silhouette grande et un peu voûtée, son nez proéminent affublé de lorgnons et ses grands doigts bagués apparaissent dans nombre de lithographies. Les deux garçons s'apprécient, s'estiment, s'aiment certainement au nom des liens du sang, mais aussi d'une affection qui n'ose pas dire son nom, même si, paraît-il, Lautrec rudoyait gentiment son cousin.

— Qui donc pourrait trouver un intérêt à avoir ces trois tableaux chez soi sinon… ? s'interrogea à haute voix Théo en shootant rageusement dans un emballage en carton qui attendait le passage, dès potron-minet, des éboueurs.

— … Sinon un familier des Lautrec ! enchaîna Hélène, grisée par la fraîcheur de la nuit et une pleine lune qui se répandait en éclats d'argent dans les eaux du Tarn.

Il était une heure du matin et Albi offrait le spectacle des villes de province la nuit. Désespérément désertes, jamais sinistres. Avec toujours un chat ou un chien errant pour se glisser entre vos jambes et vous rappeler qu'eux aussi réclament leur petite part d'affection quand tout paraît endormi.

11

En prenant son petit déjeuner au *Pontié*, Séraphin Cantarel avait griffonné quelques lignes destinées à éclairer la rue de Valois sur la disparition des œuvres de Lautrec. Le secrétaire d'État en personne suivait le dossier avec une attention toute particulière, au point de fustiger son homologue de la place Beauvau afin que la police mette les bouchées doubles pour appréhender les trafiquants d'art.

La note devait être faxée le matin même auprès du directeur de cabinet de Michel Guy.

— Puis-je abuser des talents de secrétaire de Mlle Combarieu pour qu'elle me tape cette note ? demanda Séraphin à Dorléac dès son arrivée au palais de la Berbie.

— Je vous en prie. Denise se fera un plaisir de se mettre à votre service…

Quand Cantarel pénétra dans le bureau de la corvéable collaboratrice de Dorléac, celle-ci précipita aussitôt le flacon écarlate qu'elle tenait au bout de ses doigts dans le tiroir métallique cachant ses genoux anguleux. Une odeur de vernis à ongles irrita les narines de Séraphin.

— Auriez-vous l'extrême gentillesse, Denise, de me dactylographier cette note ?

— Très certainement, acquiesça la vieille fille qui glissa aussitôt une feuille blanche dans le rouleau de sa machine.

— Si le musée dispose d'un système d'alarme par trop défaillant, je vois en revanche que vous êtes bien équipée en matériel de bureau. N'est-ce pas le dernier modèle en matière de machine à écrire électrique ?

— La vieille Remington sur laquelle je m'échinais à taper le courrier de M. le conservateur était déjà une relique récupérée à la mairie d'Albi. Elle devait dater de Mathusalem… Un vieux clou en somme !

— Je comprends, marmotta Cantarel.

Aussitôt, l'IBM à boule se mit à crépiter pendant que Mlle Combarieu, par-dessus ses lunettes en écaille, découvrait les termes de la note sans même regarder son clavier. Avant que Séraphin n'eût quitté la pièce, la secrétaire attira l'attention du conservateur parisien sur deux mots qu'elle ne parvenait pas à décrypter.

— Pardonnez-moi, Denise, je sais : j'écris à la façon des médecins…

— Rassurez-vous, avec M. Dorléac, je suis à la bonne école. Parfois, il est carrément illisible !

— L'écriture n'est-elle pas la science des ânes ? ajouta Séraphin.

— Jusqu'à un certain point, tout de même ! rectifia la secrétaire au chemisier cintré.

Au travers de la soie qui épousait son buste, on pouvait sans imagination deviner les contours de son soutien-gorge. Dans l'échancrure de son col brillait une médaille Vitafor du plus mauvais effet.

Avant de rejoindre Dorléac, Cantarel posa cette question saugrenue :

— Où avez-vous rangé l'ancienne ?
— L'ancienne quoi ?
— Machine à écrire, bien sûr !
Denise Combarieu fit mine de réfléchir :
— J'ai demandé à ce pauvre Labatut de m'en débarrasser. Peut-être est-elle dans les réserves du musée ?
— De toute façon, c'est sans grande importance… balbutia Séraphin en rejoignant son assistant qui faisait le pied de grue dans le bureau de Jean Dorléac.

— Vous faisiez un brin de cour à Mlle Combarieu, patron ?
— Cessez, Théo, de me prêter des intentions qui pourraient nuire à ma réputation de mari fidèle, riposta Cantarel du ton le plus sérieux qui soit.
— Je plaisante, monsieur… Mais ma grand-mère maternelle prétendait toujours que c'est dans les vieux pots que l'on fait les meilleures confitures…
— Dans le cas qui nous intéresse, je ne suis pas sûr que la bassine à confitures ait beaucoup servi.
— Là, je vous trouve peu charitable, patron !
— Il faudrait, Théo, que vous m'apportiez les preuves du contraire.
— Ce n'est pas parce que l'on est encore vieille fille à cinquante ans que l'on n'a jamais goûté à l'orgasme ! répliqua Trélissac en se faisant tout à coup l'avocat de la demoiselle au chignon trilobé.
— Arrêtez, Théo, je sens que vous glissez sur une pente graveleuse… Allez plutôt dans les réserves du musée voir si vous trouvez la trace d'une vieille machine à écrire de type Remington ou Japy.
— Objet non identifié jusqu'à ce jour ! se contenta de répliquer Théodore.
— Je vous trouve bien sûr de vous, jeune homme !

— Je ne vous savais pas mécascriptophile, monsieur Cantarel.

— Méca… quoi ? s'époumona Séraphin.

— Mécascriptophile ! Autrement dit : collectionneur de machines à écrire ! Vous pensez bien, patron, que si j'avais dégoté une vieille machine à écrire dans ce foutu musée, je me serais empressé de comparer les caractères avec ceux de la lettre d'intimidation qu'avait reçue Dupuy.

— C'est tout de même curieux que cette machine ait disparu, conclut Cantarel au moment où Mlle Combarieu frappa à la porte.

— Voici le document que vous m'avez demandé, annonça la secrétaire, fière de sa diligence.

D'un geste las, le conservateur de Chaillot le parapha avant de le remettre à la dévouée secrétaire de Dorléac.

— Faxez-le sans délai, je vous prie, au secrétariat d'État à la Culture. Le numéro est sur mon brouillon…

— Bien, monsieur le conservateur…

Denise tournait les talons quand Séraphin l'interpella à nouveau :

— Mademoiselle Combarieu ! M. Trélissac vient de m'informer que le « vieux clou », comme vous dites si bien, n'a pas été remisé dans les réserves. Vous n'auriez aucune idée de l'endroit où peut bien se trouver cette satanée machine ?

Mlle Denise porta son pouce et son index droits à sa médaille Vitafor, la pressant comme un talisman. De ses yeux en amande, elle manifesta son étonnement.

— Je vous l'ai dit : je l'ai confiée à M. Labatut qui a dû la ranger quelque part.

— Elle est sans doute chez notre chère concierge. J'y vais de ce pas, déclara Théo d'une voix énergique.

La secrétaire pinça ses lèvres si peu épaisses rien qu'à l'évocation de Micheline Labatut.

— Puis-je vous faire observer, monsieur Trélissac, objecta Denise, très collet monté, que Mme Labatut n'est pas notre concierge, mais simplement la veuve de notre regretté René.

— Je sais, je sais... se contenta de répliquer Théo. Et je doute fort qu'elle occupe les lieux encore longtemps.

Denise Combarieu parut soulagée par l'intuition de l'assistant de Cantarel :

— À la bonne heure ! ne put s'empêcher d'ajouter la secrétaire au chemisier de soie beige.

Quand Miss Combarieu eut quitté le bureau de Dorléac, Théo murmura :

— Il y a comme du crêpage de chignons dans l'air !

Rue du Rempart-Saint-Étienne, à Toulouse, Fernand Coustot jouissait d'une grande pièce mal éclairée qui donnait sur un bâtiment moderne habillé de briques. Le bureau de son adjoint, Albin Couderc, n'était guère plus lumineux ; toutefois il était orné d'un tentaculaire ficus qui courait vers la fenêtre comme on appelle au secours.

Aux murs étaient épinglées des cartes postales que le temps avait passablement jaunies. On pouvait reconnaître le cirque de Gavarnie, la butte Montmartre ou encore le phare de l'île de Sein.

Coustot avait convoqué les deux fils Labatut le même jour, à la même heure. Jules était entre les mains de Couderc, Jean lui faisait face. L'un comme l'autre subissait le flot des questions qu'enchaînaient les deux policiers, passés experts dans l'art d'obtenir les aveux.

Roué, la mine débonnaire mais le cerveau toujours en ébullition, Fernand Coustot menait la danse :

— Avez-vous une idée sur les circonstances qui ont poussé votre père à attenter à ses jours ?

— J'sais pas, moi ! bafouilla l'aîné des Labatut. Le pater a toujours eu des idées noires…

— Quelles idées ?

— Il disait qu'il se ferait sauter le caisson si on le déshonorait !

— Pourquoi ? Avait-il des raisons de douter de vous ?

— Non, monsieur le commissaire, mon frère et moi, on a toujours été réglo. Pas d'embrouilles avec qui que ce soit…

— Sauf que vous n'avez jamais pu garder un boulot au-delà d'un mois ! De quoi vivez-vous ?

— Jules et moi, on est saisonniers. À l'automne, on fait les vendanges à Gaillac, l'hiver, on taille la vigne jusqu'à Fronton. L'été, on ramasse les pommes du côté de Montauban ou de Moissac…

— Et la nuit ?

— La nuit ? La nuit, on dort, monsieur le commissaire.

— Moi, j'ai comme l'impression que, la nuit, vous relevez les compteurs, place Belfort ou du côté du canal.

Jean Labatut baissait la tête. Il faisait coulisser une chevalière en or, dont le blason n'était autre qu'une tête de mort, sur les deux phalanges de son annulaire tout en fixant ses souliers vernis.

— Votre père était-il au courant de vos activités d'apprenti proxénète ?

— C'est pas ma faute, commissaire, si ma copine ne trouve pas de boulot et si elle est obligée de faire le trottoir pour payer son loyer ! tenta de se justifier le garçon en prenant des airs de petite frappe rebelle.

— Ne m'obligez pas à dire tout ce que je sais sur vos activités nocturnes. Que vous le vouliez ou pas, les mailles du filet se resserrent. Je peux vous coffrer pour proxénétisme aggravé dans la minute qui suit !

Coustot ouvrit le tiroir droit de son bureau, s'empara d'une enveloppe contenant une série de clichés où l'on reconnaissait aisément le gabarit de Jean Labatut entouré de quelques créatures courtement vêtues. Il les déposa en éventail sur le sous-main en simili cuir qui humanisait quelque peu son bureau dépourvu de tout objet personnel.

— Faut-il que je vous répète ma question ? Votre père était-il au courant de votre statut de maquereau ?

— Non, je ne crois pas… bredouilla le garçon qui fit craquer ses doigts en nouant ses deux mains baguées.

— À supposer qu'il l'ait su ou l'ait deviné, c'était suffisant pour qu'il se sente « déshonoré ». Et qu'il passe à l'acte. Non ?

— Mon père avait dégoupillé depuis que…

— Que quoi ? insista le policier.

— Que…

— Que votre mère se jetait dans les bras du premier qui passait devant la loge ?

— Je vous interdis de salir ma mère, commissaire !

— N'avez-vous pas l'impression, monsieur Labatut, d'avoir sali votre famille au point de pousser votre père à commettre l'irréparable ? s'indigna Coustot.

— Je ne l'ai pas tué ! hurla le souteneur dont les yeux gris brillaient comme des billes au milieu d'un visage révélant sur chacune des joues les traces disgracieuses d'une acné mal soignée.

— Que faisiez-vous la nuit où le musée a été cambriolé ?

— Je jouais au poker avec mon frère, chez des amis.

— Vous êtes joueur ?

— Depuis peu...

Soudain Coustot se leva, chercha son paquet de Gitanes au fond des poches de son pantalon avant de déserter son sinistre bureau.

— Veuillez m'excuser quelques secondes, monsieur Labatut, je reviens tout de suite.

Le jeune proxénète songea un instant à s'enfuir, mais le commissaire avait pris soin de placer un de ses hommes dans le couloir. Sa silhouette, massive et alerte, s'animait en effet derrière le verre dépoli de la porte.

Bien évidemment, Coustot avait rejoint Couderc, lequel cuisinait Jules avec méthode.

— Tu n'aurais pas du feu, Albin ? Je n'arrive pas à mettre la main sur mon foutu briquet, prétexta le commissaire, faussement bougon.

Le collègue de Fernand finit par dégoter une grosse boîte d'allumettes dans l'un des tiroirs de son bureau métallique et la tendit à son supérieur, lequel enflamma aussitôt l'extrémité de sa Gitane avant de se pencher à la fenêtre. Dans la rue du Rempart-Saint-Étienne, un livreur de meubles de chez Lévitan provoquait un concert de klaxons.

Couderc poursuivit son interrogatoire comme si de rien n'était, faisant mine d'ignorer la présence taiseuse de son patron.

— Labatut, vous connaissiez les mœurs de M. Dupuy ?

— Non, enfin, si… Il paraît qu'il était un peu pédé sur les bords…

— Qui faisait courir ce bruit-là ?

— Vous savez, commissaire, tout finit par se savoir. Albi est un village…

— Justement, Paul Dupuy était plutôt du genre discret. On ne lui connaissait pas d'amant sur Albi, à l'exception d'une personne. Une seule ! martela l'adjoint de Coustot.

Jules Labatut se raidit et remonta machinalement le col de sa chemise.

— Peut-être avez-vous un peu froid ? Voulez-vous que le commissaire ferme la fenêtre ?

Fernand Coustot restait immobile, consumant sa Gitane sans jamais la détacher de ses lèvres épaisses.

— Non, non. Ça va… bégaya Jules, totalement imperméable à l'humour du policier.

— Et cette personne, vous la connaissez on ne peut mieux. Non ?

Figé sur sa chaise, le teint hâve, le jeune homme demeurait silencieux.

C'est alors que Coustot se retourna subitement et plongea ses yeux vifs dans ceux, déjà un peu hagards, de Jules :

— Vous pouvez parler, mon petit gars ! Votre grand frère a été très bavard. Il m'a tout dit, lui ! Il n'a pas envie de passer la nuit, et peut-être une bonne partie de sa vie, à Saint-Michel… Les cellules sont glacées et il paraît que ça sent la pisse ! En revanche, les sodomites y trouvent quelques plaisirs…

— Qui donc était l'amant de Paul Dupuy ? réitéra Couderc.

— J'ai couché avec ce sourdingue parce qu'il me payait.

L'aveu stupéfia Coustot et Couderc sans qu'ils n'en laissent rien paraître.

— Cher ?

— Suffisamment pour que j'y trouve mon compte.

— Et le jour où il n'a plus voulu ou plus pu payer ?

— Ç'a été fini !

— Tout cela est de l'histoire ancienne, n'est-ce pas ? fit remarquer Coustot.

À nouveau muet, le fils Labatut regardait la paume de sa main droite comme si dans ses lignes se dessinait un sombre avenir.

— Et l'idée de le faire chanter ? Elle est de vous ou… de votre frangin ?

— Quel chantage ?

— Vous n'avez jamais tenté d'extorquer de l'argent à Dupuy ?

— Quand il n'a plus voulu baiser avec moi, j'ai pris mes distances…

— Vous avez préféré, sur la recommandation de votre grand frère, l'argent facile, en jouant à votre tour les marlous, avec toutefois une spécialité bien à vous : les travestis. Quel duo redoutable faites-vous avec votre frangin ! ironisa le commissaire toulousain qui, pour la peine, ne tenait plus qu'un mégot froid au bout de ses doigts jaunis.

— Pourquoi ne pas avouer que vous avez tenté d'arracher jusqu'au dernier sou à ce malheureux Dupuy ?

— Dites aussi que c'est moi qui l'ai tué ! protesta le proxénète.

— Je n'ai pas dit cela, répliqua Couderc très courtoisement.

— En revanche, c'est quand votre père a appris que ses deux rejetons mettaient des filles et des travelos sur les trottoirs de Toulouse que son honneur en a pris un sacré coup. Rien n'était plus insupportable pour lui que de voir le nom des Labatut tremper dans une sordide histoire de maquereaux !

Jules enchâssa sa tête entre ses deux mains comme s'il voulait être sourd aux accusations des deux enquêteurs.

— Votre mère n'était pas dupe de votre manège, n'est-ce pas ? Elle-même n'est pas, il est vrai, un modèle de vertu…

Le cadet des Labatut se taisait, le visage prisonnier de ses doigts longs et fins. Couderc crut voir des sanglots couler entre ses phalanges vierges de toute alliance. Il hoquetait comme un enfant sévèrement réprimandé.

— C'est dur d'avoir sur la conscience la mort de son père ! lança un peu théâtralement Coustot, avant de quitter le bureau de son adjoint pour poursuivre l'interrogatoire de l'aîné qui marinait dans la pièce d'à côté.

Jean Labatut n'était déjà plus le jeune homme arrogant et goguenard qu'avait abandonné vingt minutes plus tôt le commissaire Coustot dans son bureau. Il mâchouillait nerveusement un chewing-gum en même temps qu'il lissait son nez comme s'il avait souhaité l'allonger.

Les photographies étalées sur le bureau du commissaire n'étaient plus tout à fait dans l'ordre où l'enquêteur les avait laissées. Ce détail le conforta dans ses intuitions.

— Excusez-moi. Une affaire urgente à traiter…

Labatut ne semblait pas dupe du jeu du commissaire.

— Où en étions-nous déjà ? Ah, oui, vous me disiez que vous étiez joueur de poker et, que le soir où le musée a été visité, vous étiez chez des amis à Toulouse en compagnie de votre frère. Vous pariez beaucoup ?

— Vous n'y êtes pas, commissaire ! C'était une partie de strip-poker. C'est uniquement le plaisir du jeu…

— Lequel d'entre vous s'est retrouvé à poil le premier ?

— Bill !

— Pardon ?

— Daniel Billières. Tout le monde l'appelle Bill. Il tient une boîte de nuit sur la route de Lacroix-Falgarde, *Le Roi Ubu*.

— Étonnant. Il n'était pas derrière son comptoir un samedi soir ?

— C'est sa femme Dany qui fait tourner le bouclard. Lui, il apporte l'oseille, s'occupe des comptes, et basta !

— Je vois…

— Même que cette nuit-là, la soirée a dégénéré en partouze. Si vous voulez les noms, commissaire, il n'y a pas de problème ! Mais, discrétos, s'il vous plaît. Il y avait du beau linge ce soir-là : un grand ponte de la faculté de médecine, un avocat du barreau de Toulouse et même un procureur de Montauban !

— Je vois… répéta Coustot.

— Vous nous soupçonnez tout de même pas d'avoir barboté les tableaux du musée ?

— À ce stade de l'enquête, je n'exclus rien, monsieur Labatut.

— J'y connais rien en peinture ! J'ai eu à peine mon certif…

— Justement, j'ai une petite dictée à vous faire faire…

Le commissaire sortit une feuille blanche de son sous-main, ôta un stylo du revers de son veston et tendit le tout.

Le fils Labatut ne s'attendait pas à ce type d'exercice, mais il s'exécuta sans broncher, la bille du stylo légèrement tremblante.

Fernand Coustot dicta de mémoire un texte qui n'avait rien d'anodin :

— *Comme de bien entendu, tu es resté sourd à notre dernière mise en demeure. Si sous huitaine, pas un jour de plus, tu ne nous as pas remis ce que tu nous dois, nous ne répondrons plus de rien...*

Le jeune homme tirait la langue en même temps qu'il écrivait. Cette tâche lui semblait humiliante et terriblement fastidieuse. À chaque accord de verbe, il hésitait...

Puis Coustot s'empara de la feuille, compta les fautes et réduisit la laborieuse dictée à une boule de papier qu'il jeta aussitôt dans la corbeille.

Dans le bureau d'à côté, vraisemblablement Jules se livrait à la même occupation sous la férule d'Albin Couderc.

Si les frères Labatut étaient à l'évidence des barbillons de première, en revanche, ils n'étaient pas très doués pour les relations épistolaires, encore moins en orthographe.

Par précaution, Coustot ordonnerait une perquisition à leur domicile, car les deux frères logeaient à la même adresse : 22, rue Denfert-Rochereau, non loin de la gare Matabiau.

La chance d'y trouver une vieille machine à écrire semblait hautement improbable.

— Naturellement, vous étiez au courant que votre frère entretenait une liaison avec Paul Dupuy ?

— Jules n'est pas une tafiole !

— Je n'ai pas à porter de jugement là-dessus, ajouta le policier d'un ton neutre. Néanmoins, vous n'êtes pas sans savoir que Dupuy se travestissait et que votre frère s'est, semble-t-il, fait une spécialité dans ce domaine.

— Chacun fait ce qu'il veut de son cul !

— Je crois entendre votre mère ! De surcroît, c'est un marché juteux, si je puis m'exprimer ainsi.

Jean Labatut se lissait à nouveau le nez, hachant ses phrases :

— Jules est allé avec Dupuy pour le fric. N'allez pas chercher plus loin, commissaire !

— Toujours est-il que le corps de ce malheureux a été découvert vêtu en femme à la Gravière. Un endroit que vous connaissez bien !...

— Qui ne connaît pas la Gravière à Albi ? Tous les jeunes sont allés fumer leur premier joint là-bas. Le soir, des fois, ça baisait dur ! On y allait en bécane, même que l'été, on se baignait à poil dans le Tarn...

— Je vois, je vois, répétait Coustot sans se lasser.

Le commissaire gratta une allumette sans pour autant succomber au vice de la cigarette. L'odeur du phosphore semblait exciter les narines du policier qui ne désarmait pas :

— Qui pouvait en vouloir à Dupuy au point de l'éliminer ?

— Ceux qui ont fait le coup ! riposta le souteneur.

— Vous voulez dire les voleurs de tableaux ?

— Bien sûr. Paulo était le seul qui pouvait parler.

— Vous pensez qu'il a trempé dans cette affaire ?

— J'sais pas... lâcha le fils Labatut sur un ton soupçonneux.

— Vous saviez que votre père neutralisait parfois l'alarme du musée ?

— Tout le monde savait ! Sauf peut-être Dorléac ? Ces foutues chauves-souris déclenchaient le système presque toutes les nuits. C'était le bordel. Ma mère n'en pouvait plus et mon père a fini par céder. C'est même Dupuy qui lui avait soufflé de fermer le clapet à la « gueuleuse ». Et pourtant : il était sourd de la feuille. C'est dire !

— C'est une faute professionnelle qui lui aurait certainement coûté sa place, fit remarquer Coustot.

Le regard de Jean Labatut était fixé sur la fenêtre. Dans l'immeuble d'en face, une femme en peignoir bleu fumait une cigarette à son balcon. Penchée sur la rambarde, ses seins roses s'offraient à la vue des gens du quartier.

L'enquêteur se retourna et esquissa un sourire.

— Rassurez-vous, elle est coutumière du fait. Elle nous montre ses plus beaux appas été comme hiver. Elle est bien sûr plus méritante à Noël qu'à la Saint-Jean. Je vois que vous avez l'œil du professionnel…

Le proxénète parut flatté.

— Pour en revenir à votre père… Vous avez bien votre idée sur les motifs de son suicide. Déçu par ses fils, trompé par sa femme, peut-être demain au chômage, il n'en fallait pas plus pour qu'il « dégoupille », pour reprendre votre terme ?

La femme avait disparu de son balcon, sa cigarette consumée, après avoir rangé ses outils de séduction.

— Vous savez, monsieur Labatut, que votre frère est bien plus bavard que vous. Il est vrai que c'est un garçon sensible…

Le commissaire usait de ses bonnes vieilles ficelles et abusait de la jeunesse de ses suspects.

Les rejetons de Micheline Labatut n'étaient pas encore de vrais caïds, juste des souteneurs en herbe qui glissaient dans leur lit des filles paumées à qui ils promettaient le grand amour. Pour cela, il fallait réunir un peu de fraîche avant de partir pour Cadaqués ou Miami Beach…

— Moi, j'ai ma petite idée, suggéra Coustot. Du reste, votre frère et moi avons le même avis sur la question. On doit donc approcher de la vérité. Si, en plus, vous y mettiez du vôtre, cela éloignerait peut-être les ennuis qui vous attendent après que vous aurez quitté ce bureau…

— Qu'est-ce que vous voulez que je vous dise, bordel ? Que notre père ne voulait plus nous voir depuis qu'il soupçonnait nos petites affaires ? Vous le savez déjà ! Qu'il était cocu régulièrement ? C'est pas une grande révélation. Non, mon père s'est pendu le lendemain où la « Pie » lui a dit qu'entre eux, c'était définitivement terminé.

— Quand vous dites la « Pie », vous parlez bien de…

— … Mlle Combarieu. La secrétaire de Dorléac, oui, bien sûr ! lâcha l'aîné des Labatut, le visage révulsé, le poing raide où brillait insolemment la tête de mort de sa chevalière.

12

Sur de larges banquettes au velours parme, les grisettes du salon de la rue des Moulins attendaient, alanguies et lascives, le client du jour. La toile de Lautrec était impressionnante et criante de réalisme. L'idée qu'elle serait de nouveau exposée à la curiosité des visiteurs excitait passablement Jean Dorléac. Pour une fois, son front n'accusait aucun signe de sudation.

Dans moins d'une heure, le musée Toulouse-Lautrec serait rouvert au public. Déjà une queue se formait à l'entrée du palais de la Berbie. Exceptionnellement, Micheline Labatut se chargerait d'ouvrir les grilles.

Dos au tableau, Séraphin, Théo, Dorléac, Coustot, affublé désormais de son adjoint Couderc, tenaient un conciliabule dans cette salle dont les murs couverts de toile de jute auraient mérité une profitable cure de jouvence.

Cantarel partit alors dans un immense éclat de rire :

— Vous plaisantez, Coustot ? Mlle Combarieu avec René Labatut ?

— Ça alors ! ne finissait pas de répéter Jean Dorléac, tout hébété.

— La cornette ne fait pas l'abbesse ! renchérit Théo qui prit à témoin son patron toujours incrédule.

Albin Couderc ne jouissait pas de la complicité qui unissait les quatre hommes depuis la découverte du vol, mais il était bien décidé à en savoir plus sur la vie privée de cette secrétaire hors de tout soupçon.

— Franchement, qui, mes amis, n'aurait pas parié gros sur la virginité de Mlle Combarieu ? demanda Séraphin à la cantonade.

Chacun leva le doigt à l'exception de Trélissac.

— Théo, vous êtes le plus jeune d'entre nous, mathématiquement le plus inexpérimenté dans les choses de l'amour, et pourtant vous êtes le seul à avoir décelé chez cette célibataire endurcie une part de mystère qu'aucun de nous n'avait osé soupçonner. Je vous félicite.

Le compliment embarrassa le jeune homme qui glissa sa main droite dans ses cheveux bouclés en même temps qu'il décochait un de ces sourires carnassiers auxquels Hélène Cantarel était si sensible.

— Je comprends mieux sa sortie quand Mme Labatut est venue proposer les services de son amant au titre de nouveau concierge ! conclut Dorléac, tombé de l'armoire.

— Quelle drôle de famille ! soupira Coustot.

— Comment était ce René ? Je veux dire physiquement ? demanda Cantarel.

— Plutôt bien de sa personne, discret et efficace, un peu sujet aux crises de goutte, mais il ne jurait que par le gaillac blanc, expliqua Jean Dorléac.

Sous l'œil amusé d'Yvette Guilbert, de Jane Avril ou encore de « la Goulue », alias Louise Weber, les cinq hommes devisèrent un long moment sur l'enquête en cours.

Preuves à l'appui, le commissaire Coustot confirma les activités occultes des fils Labatut. En réalité, ils étaient filés par la police des mœurs depuis déjà plusieurs semaines, bien avant que ne soit commis le cambriolage. Leur alibi, la nuit du fric-frac, était imparable. Les protagonistes de l'orgie évoquée par Jean Labatut étaient tous fichés par les Renseignements généraux comme des partouzards de première, bénéficiant d'une immunité liée, pour la plupart d'entre eux, à leurs hautes fonctions. L'implication de Jules et Jean dans le meurtre de Dupuy n'apparaissait pas comme une hypothèse très sérieuse. Au terme de leur interrogatoire, Coustot et Couderc les avaient copieusement sermonnés en laissant planer sur leur tête la menace d'une garde à vue.

Encore une fois, la liaison Jules Labatut-Paul Dupuy sembla relever du mariage de la carpe et du lapin pour Dorléac qui, dans sa grande naïveté, ignorait tout ou presque de ce qu'il considérait comme « contre nature ».

— Êtes-vous sûrs, messieurs, de ce que vous avancez ? insista le conservateur. Après s'être offert Dorval... Ce Dupuy était décidément un affamé du sexe négocié !

— La formule est assez belle ! Peut-être sa surdité était-elle le résultat de plusieurs années d'abstinence ? souligna, l'ironie au bord de ses lèvres épaisses, le très cynique commissaire Coustot.

Soudain, les talons aiguilles de Mlle Combarieu résonnèrent sur le parquet du musée.

— On ouvre les portes, messieurs, dans moins de cinq minutes. Sans vouloir vous offenser, commissaire, je pense que cela risque de faire mauvais effet auprès du public que deux policiers, en civil certes, déambulent dans les salles…

— Mademoiselle Combarieu ! Vous tombez à pic. Je souhaitais précisément vous entendre pour évoquer une affaire, disons d'ordre privé.

— Je suis à votre disposition, commissaire. Je n'ai rien à cacher.

Coustot et Couderc s'approchèrent de la vieille fille au tailleur noir comme s'il s'agissait de comploter dans le dos de ses supérieurs hiérarchiques.

— Compte tenu du caractère très personnel de cet entretien, pouvons-nous, mademoiselle, nous voir à votre domicile ? Vous résidez toujours au 12, rue de Rhônel, tout près de la préfecture, n'est-ce pas ?

— C'est exact, répondit sèchement la secrétaire de Dorléac.

— Vers 13 heures, cela vous va ?

— Aujourd'hui ?

— C'est une affaire des plus urgentes, s'empressa de préciser l'adjoint de Coustot.

— J'y serai, murmura entre ses lèvres pincées, rehaussées d'un rouge carminé, la « plus corvéable des secrétaires », au dire du dépositaire des lieux.

Un lion en bronze faisait office de heurtoir. Mais une sonnette sur laquelle on lisait en lettres gothiques « Denise Combarieu » était le plus sûr moyen d'alerter la propriétaire de votre présence.

Couderc actionna à deux reprises le bouton doré qui tenait lieu de carillon. En réalité, un petit jardin séparait la rue de Rhônel de la maison cossue où Mlle Combarieu menait une existence peut-être moins paisible que les apparences, toujours trompeuses, voulaient le laisser croire.

Une glycine exubérante courait sur la façade. Des vases Médicis jalonnaient l'entrée dans un lacis de buis taillés au cordeau. Sous une treille, un salon en rotin attendait le visiteur.

Prévenante, Mlle Combarieu avait déjà déposé un plateau en argent avec trois tasses en fine porcelaine.

— Je vous attendais, messieurs… dit la vieille fille en guise de bienvenue. Entrez, je vous prie. Si vous le souhaitez, nous pouvons bavarder sous la treille ?… Ce soleil de printemps est une bénédiction !

— Comme il vous plaira ! souligna Coustot si peu contrariant.

— J'ai préparé du café, mais peut-être n'avez-vous pas déjeuné ? En ce cas, c'est plutôt l'heure de l'apéritif. J'ai du Martini ou du Cinzano à vous proposer…

Denise Combarieu avait l'art d'orchestrer les questions et de suggérer les réponses.

— Un Berger pour ma part ! trancha Couderc.

— C'est que… Je vais voir si j'ai un fond de pastis. Cela vous ira ?

Albin opina du chef.

— Et pour vous, commissaire ?

— La même chose ! exigea Coustot.

Dans la minute qui suivit, Mlle Combarieu apparaissait avec une bouteille de Berger fraîchement ouverte.

— Finalement, j'ai trouvé dans mon armoire à alcools ce flacon à peine entamé. Dieu seul sait depuis combien de temps il est là !

— Vous ne nous accompagnez pas ? objecta poliment Fernand Coustot.

— Juste un doigt de porto pour vous tenir compagnie.

— Vous n'aimez pas les boissons anisées ?

— En vérité, je ne bois que rarement de l'alcool, se justifia Mlle Combarieu en faisant la chasse aux premières abeilles qui butinaient sur le sucrier planté au beau milieu du plateau en argent.

— Contrairement à René Labatut qui, jusqu'à ce qu'il se donne la mort, buvait du pastis car le gaillac blanc lui donnait, paraît-il, d'atroces crises de goutte, fit remarquer Albin Couderc.

— C'est donc de lui que vous voulez me parler ?

— À moins que vous ne souhaitiez que l'on évoque une autre personne du musée qui puisse nous intéresser ?

— Que voulez-vous savoir ? coupa net la secrétaire de Dorléac.

— À quand remonte votre liaison avec M. Labatut ?

La célibataire hésita :

— Dix ans, peut-être douze... Je ne suis pas très anniversaire.

— Mais, en revanche, d'une totale discrétion... appuya Coustot.

— Dans la vie, je considère que nous n'avons pas à faire étalage de nos sentiments !

— Je comprends. Où vous retrouviez-vous alors ?

— Au musée essentiellement...

— Sous l'œil voyeur et pour le moins coquin de Lautrec ? railla le policier.

— On peut rêver d'une plus grande intimité ! fit remarquer Albin Couderc.

— Cette maison est un vrai nid d'amour, sans réel vis-à-vis... suggéra Coustot tout en palpant son paquet de Gitanes à travers la poche de son pantalon.

— Il lui arrivait de venir se réfugier ici quand il n'avait pas le moral.

— René Labatut était très déprimé, en effet, ces derniers temps, insista le policier.

— Il se faisait beaucoup de souci effectivement, acquiesça Denise Combarieu en portant son porto à ses lèvres comme un curé boit le vin de messe : avec componction.

— Les mœurs débridées de ses deux fils le préoccupaient beaucoup, n'est-ce pas ?

— Ces deux-là, on peut dire qu'ils ont poussé leur père dans la tombe ! Ah, ils ont de qui tenir ! C'est bien connu : les chiens ne font pas des chats. Avec une mère pareille…

— René Labatut vous avait-il fait des confidences sur les activités de souteneurs de ses fils ?

— Longtemps, ils ont pris leur père pour un imbécile, lui soutirant le peu d'argent qu'il avait. Ces derniers jours, il était exténué. René s'estimait floué par toute sa famille.

— Et l'affaire de l'alarme débranchée a été le coup de grâce, selon vous ? demanda Coustot en glissant une Gitane papier maïs entre ses deux lippes.

— Peut-être… Tout suicide reste un mystère, commissaire, soupira la secrétaire qui fuyait à présent le regard de ses interlocuteurs.

Les deux policiers se regardèrent avant de siroter à petites gorgées leur Berger blanc dans lequel Mlle Combarieu avait pris soin de glisser un glaçon.

C'est alors que Couderc se leva et, de la façon la plus courtoise qui soit, sollicita la maîtresse de feu Labatut :

— Mademoiselle, puis-je vous demander d'avoir l'amabilité de m'indiquer où se trouve l'endroit le plus intime de cette belle maison ?

— Mais je vous en prie, au fond du couloir, la dernière porte à gauche.

— Merci beaucoup.

Coustot et la secrétaire se trouvaient donc en tête à tête pour la première fois. Une gêne indicible semblait s'installer entre eux.

— Je ne serais pas opposé à l'idée d'un second Berger… si ce n'est pas trop abuser, bien sûr !

Un peu troublée, la demoiselle se ressaisit :

— Mais… très certainement.

En même temps que Mlle Combarieu blanchissait le verre de son hôte, Coustot prit une voix douce pour demander :

— Pourquoi aviez-vous décidé de mettre un terme à votre relation avec René Labatut ?

Décontenancée, la vieille fille fit déborder le verre destiné à étancher la soif de son visiteur.

— Ce n'était plus possible. Il refusait de se séparer de cette mégère qui lui servait de femme. Je ne supportais plus de vivre cette relation dans la clandestinité la plus totale… Je voulais vivre notre histoire d'amour au grand jour.

— D'autant que le secret était bien gardé jusqu'à ce jour où vous avez été surpris par… Paul Dupuy ?

Le visage de Denise s'assombrit et ses yeux papillonnèrent comme si soudain elle était aveuglée par un jet d'acide.

— D'où tenez-vous cela ?

— Partez du principe, mademoiselle, que la police a été créée sous la Révolution française, article 12 de la Déclaration des droits de l'homme et du citoyen, « … pour l'avantage de tous, et non pour l'utilité particulière de ceux auxquels elle est confiée ».

La maîtresse de Labatut restait sans voix. Cette fille de notaire, autoritaire et sans grande fantaisie, toute pétrie de vieilles manières, était soudain anéantie.

Seuls, en ce printemps précoce, les gais piaillements des oiseaux comblaient le silence qui s'était instauré entre la collaboratrice de Dorléac et le taiseux commissaire toulousain.

Voilà près d'un quart d'heure à présent que Couderc avait rejoint ce que naguère on désignait sous le vocable hypocrite de cabinet d'aisances. Coustot n'avait rien vu du domicile de Mlle Combarieu, mais il en pressentait le décor : de vieilles armoires, des guéridons flanqués de napperons confectionnés au crochet, un coucou ramené de Suisse, une boule-de-neige à la gloire de Notre-Dame de Lourdes, une tapisserie au point de croix représentant le Mont-Saint-Michel, le tout baignant dans une écœurante odeur de cire d'abeille.

Albin Couderc finit par réapparaître, la mine satisfaite de l'homme qui a soulagé sa vessie. À moins que l'adjoint de Coustot n'ait arraché un nouvel indice à ce théâtre provincial où la naphtaline disputait à l'encaustique un confort de bon aloi ?

— Pardonnez mon indiscrétion, mais votre collection de chaussures est impressionnante ! J'ai totalisé trente-six paires, mais je suis certainement loin du compte, souligna Couderc, faussement enjoué.

— C'est ma faiblesse... confessa Denise Combarieu. Les étagères croulent sous le poids de mes mocassins, de mes vernis, sans parler des talons aiguilles, c'est ma marotte ! Dans une vie antérieure, j'ai dû être une sorte de Cendrillon avec des pantoufles de vair !

— Vous auriez dû libérer vos étagères de l'imposante machine à écrire qui encombre vos rayonnages. Celle-là même dont vous avez dit à M. Cantarel que vous ne saviez pas où elle était...

Tout à coup, le teint de Mlle Combarieu se confondit avec la porcelaine des tasses à café désespérément vides qui habillaient le plateau d'argent.

— Ce modèle Japy est bien celui sur lequel, pendant des années, vous avez tapé le courrier de M. Dorléac ? Une machine, certes obsolète, mais qui est encore dans l'inventaire de la mairie d'Albi. Vous savez, mademoiselle, que vous êtes coupable de détournement de biens publics et de recel ? Voilà qui est de nature à entacher sérieusement votre intégrité auprès de M. le conservateur qui ne jure que par vous !

— C'est René qui l'avait entreposée ici. Il disait que cela pouvait toujours servir…

— Justement, vous avez su vous en servir quand il s'est agi d'intimider ce pauvre M. Dupuy ! s'indigna le commissaire en essayant de soutenir, mais en vain, le regard de la femme au chignon trilobé.

— Je… Je…

— C'est bien vous, n'est-ce pas, qui avez déposé dans la boîte aux lettres de Dupuy ce courrier injurieux accompagné de menaces de mort ?

— Il nous devait de l'argent ! Cent mille francs, ce n'est pas rien !

— Quand vous dites « nous », dois-je comprendre René et vous ?

— Oui… Enfin, non !… C'était mon argent. Je lui avais prêté cette somme quand il s'est acheté la maison du Puits-Vert. Il devait toucher une part d'héritage dans les mois qui suivaient cette acquisition. Mais il ne m'a jamais remboursée, ni intérêts ni principal. Il faisait comme si nous étions quittes ; il était sourd à toutes mes réclamations. Il entendait ce qu'il voulait, commissaire. C'était un drôle de loustic, le Dupuy. J'ai appris à le connaître, moi !

— Était-ce une raison suffisante pour le menacer de mort ?

— J'étais à bout d'arguments, commissaire ! Le jour où il nous a découverts, René et moi, dans les réserves du musée, il s'est mis à nous faire chanter. C'était son silence contre l'annulation de la dette.

— C'est alors que vous avez eu l'idée de signer vos menaces des initiales des fils Labatut ? anticipa Coustot.

Denise, qui avait perdu toute sa superbe, baissait régulièrement la tête, laissant deviner les épingles à cheveux qui bâtissaient son impeccable chignon :

— Parce que Dupuy les craignait. Enfin, surtout Jean…

— Les fils de René étaient-ils dans la combine ? demanda Couderc.

— Bien sûr que non ! Tout ça, c'était pour nous préserver, René et moi… Pour que Dupuy ferme sa gueule !

— Calmez-vous, mademoiselle Combarieu !

— Vous reconnaissez la gravité de vos actes ?

Les yeux de la secrétaire s'embuèrent.

— Le surlendemain de la mort de Dupuy, j'ai bien essayé de retirer la lettre que j'avais glissée dans la boîte aux lettres, mais elle n'y était plus.

— Dites-moi, mademoiselle, votre amant était-il au courant de ce chantage odieux sur Dupuy ?

— Non. René était en retrait de cette affaire. C'est moi seule qui ai eu cette idée. Je l'assume entièrement. C'est quand je lui ai dit ce que j'avais fait qu'il est parti dans une colère folle. Nous nous sommes disputés violemment et promis de ne plus nous revoir. Je ne pouvais pas imaginer que…

À présent, la fille de maître Combarieu sanglotait.

— C'est ma faute ! Je ne sais pas ce qui m'a pris !

Coustot posa la main sur son épaule. Aucune chaleur n'émanait de ce corps transi que, longtemps, on avait cru incapable d'aimer.

Les abeilles continuaient leur sarabande autour du sucrier, suicidaires au point de se noyer dans le fond des verres de Berger que les deux policiers avaient abandonnés sur la table en rotin.

Avant de quitter la maison tout enrubannée de glycine, Coustot et Couderc ordonnèrent à Mlle Combarieu de bien vouloir réunir quelques effets personnels et de les suivre sur-le-champ.

Après avoir mis deux tours de clé à l'ancienne demeure du très estimé notaire d'Albi, la femme au tailleur noir se glissa entre les deux hommes en gabardine.

— Vous ne me mettez pas les menottes ?

— Je ne crois pas que ce soit nécessaire, rétorqua le commissaire toulousain. Vous êtes une femme d'honneur, n'est-ce pas ?

Au café *Pontié*, la terrasse était peuplée d'une faune en polo Lacoste, trop contente de jouir d'un soleil tiède comme descendu de la Montagne Noire.

Coustot crut reconnaître Hélène Cantarel et son époux sirotant comme des amoureux leur arabica. Il les ignora superbement.

Denise Combarieu, à coup sûr, lui en saurait gré.

13

À coups d'étreintes fougueuses et de baisers répétés, les corps de Cécile et de Théo s'enlaçaient à la nuit tombée.

Dans la plus grande discrétion, la chambre d'hôtel de Trélissac abritait, depuis quelques soirs déjà, leurs doux émois sans que pour autant Séraphin Cantarel ne soupçonne quoi que ce soit. Le dîner chez les Dorléac avait mis le feu à leurs cœurs en jachère ; la sève de printemps devait y être aussi pour quelque chose…

Toujours est-il que Cécile Dorléac et Théo vivaient une histoire qui ressemblait à l'amour, même si elle était promise à des lendemains incertains.

Obnubilé par la disparition des toiles de Lautrec, Séraphin en oubliait les cernes qui parfois, le matin, assombrissaient le visage de son collaborateur. Cependant, ce détail n'avait pas échappé à Hélène qui s'était inquiétée de la mine chiffonnée de son protégé à l'heure du petit déjeuner :

— Est-ce, Théo, la vision douloureuse de l'Enfer qui vous empêche de dormir la nuit ?

Le jeune homme répondit par un sourire canaille.

— … À moins que vous ne placiez vos nuits sous la bénédiction, pleine et entière, de sainte Cécile qui resta, je vous le rappelle, Théo, vierge toute sa vie ?

L'étonnante complicité unissant Théo à l'épouse de son chef faisait plaisir à voir. Tous deux se taquinaient mutuellement sous l'œil bleu de Séraphin toujours un peu rêveur.

Ce soir-là, les amoureux jouissaient de leur idylle comme si demain la vie devait les séparer. De ses jambes, de ses bras, Cécile enlaçait Théo jusqu'à en faire son prisonnier.

La sonnerie du téléphone mit un frein à leurs ébats. Théo refusa de répondre, couvrant les seins de Cécile d'une couronne de baisers furtifs. Puis le téléphone résonna à nouveau. Trélissac finit par répondre.

— Coustot à l'appareil ! J'ai besoin de vous, Théo. Je vous attends dans l'entrée de l'hôtel.

— C'est-à-dire que…

— Vous dormiez. Oui, je sais… Descendez, s'il vous plaît !

Théo marmonna quelques mots incompréhensibles aussi bien pour Cécile que pour le commissaire.

— Puis-je compter sur vous ? insista le policier.

— Je descends !…

— Habillé, cela va de soi ! Car je vous promets une petite virée…

Coustot raccrocha aussitôt.

Contrariée, la fille de Dorléac avait remonté le drap et appelait de ses yeux ronds une explication que Théo ne pouvait lui fournir.

Pendant ce temps, il cherchait en vain son caleçon. Il finit par sauter à pieds joints dans son jean, enfila un tee-shirt froissé, un pull ras du cou et chaussa ses baskets avant de déposer un tendre baiser sur les lèvres de Cécile, furibarde.

— T'inquiète pas, mon cœur ! Je serai là à ton réveil.

Le hall de l'hôtel était éclairé par un abat-jour en tissu froncé sous lequel somnolait le veilleur de nuit. Face à lui, sur une banquette en velours côtelé, attendait Fernand Coustot.

— Je savais que je pouvais compter sur vous, Théo !

— Que se passe-t-il ?

— Rien de grave, je vous rassure ! J'ai tout simplement envie de m'encanailler avec vous !

— Quoi ?

— Je vous emmène en boîte boire un verre, voulez-vous ?

— Où ça ? À cette heure ? s'offusqua Théo.

— À Toulouse !

— À Toulouse ? Vous plaisantez, j'espère !

— Pas le moins du monde. J'ai besoin d'un partenaire jeune, beau, intelligent et pas farouche…

— Qu'est-ce que c'est que cette idée saugrenue, commissaire ?

— Allez, suivez-moi et cessez de me poser des questions inutiles ! Vous verrez sur place. Vous risquez de ne pas être déçu !

Trélissac faisait sa tête des mauvais jours.

— J'espère que je ne vous ai pas tiré d'un beau rêve ! fit Coustot, goguenard.

— Si, précisément. Et le rêve est en train de virer au cauchemar !

— Pardonnez-moi, Théo, mais la mission que je vais vous confier, personne au bureau n'est en mesure de l'assumer et surtout pas mon adjoint Couderc. Il n'a rien de très sexy, vous en conviendrez…

Perplexe, la mine renfrognée, Théo ne décrocha pas la mâchoire pendant tout le trajet reliant le chef-lieu du Tarn à la capitale régionale.

Arrivé à Toulouse, Coustot gara son véhicule de service sur l'un des « emplacements réservés à la police », rue du Rempart-Saint-Étienne. D'un pas pressé, les deux hommes empruntèrent la rue de Metz avant de bifurquer en direction de la place Saint-Georges.

Comme chaque fin de semaine, les rues de la Ville rose débordaient de jeunes étudiants dépenaillés, dont certains étaient passablement éméchés, chantant à tue-tête et pissant impunément dans les caniveaux.

Il n'était pas loin de une heure du matin et, au bout d'une ruelle sombre, un néon rose s'allumait par intermittence. On pouvait lire :

LA COCHINCHINE – NIGHT-CLUB

Pas besoin d'explications. Théo savait pertinemment ce que Coustot attendait de lui. Il n'était qu'un leurre. Un garçon, plutôt bien de sa personne, qui ne manquerait pas de susciter quelques convoitises dans ce club à la clientèle franchement homosexuelle. Il était là pour tenter de renouer quelques liens avec de vieux amis de « Paulo », des gigolos comme lui – c'était le rôle qu'implicitement lui avait imparti le commissaire Coustot – ou toutes personnes susceptibles d'orienter l'enquête.

À peine le policier était-il entré dans la boîte de nuit en posant familièrement sa main sur l'épaule de Théo que la musique lui agressa les tympans. Les enceintes acoustiques du club débitaient à grand renfort de décibels du *Sugar Baby Love* qui dégoulinait sur la piste de danse où, torses nus, des garçons se trémoussaient.

— Je comprends mieux pourquoi le père Dupuy était devenu totalement sourd ! ricana Coustot en se penchant sur Trélissac, qui appréciait modérément cette familiarité assortie d'une affreuse odeur de nicotine.

Théo se déhanchait, faisant mine d'être dans le tempo.

L'homme fort de la PJ se dirigea vers le bar et commanda un whisky-Coca. Il demanda au jeune Trélissac ce qu'il souhaitait boire. L'adjoint de Cantarel l'imita en même temps qu'il ôtait son pull. Sur son t-shirt, le logo des Stones était de nature à faire passer Théo pour un garçon rebelle et sensuel, prêt à hurler *I can't get no... satisfaction* sur la piste de danse où une boule d'argent à facettes renvoyait mille éclats de lumière parmi les danseurs en transe.

La boîte se prolongeait dans une succession de caves visitées par des rayons laser et meublées de larges banquettes profondes. L'exploration exhaustive de *La Cochinchine* finissait par les back-rooms où s'échappaient par moments des plaintes lascives. De l'ombre surgissaient parfois des couples dont certains étaient harnachés de cuir. Quelques folles piaillaient, la plupart s'abandonnaient, à coups de reins et de balancement de la tête, à une rythmique obsédante qui oscillait entre la pop et le disco.

Très vite, Théo ne manqua pas de prétendants. Il était un piètre danseur, mais préférait tout de même les Rubettes à Dave quand il s'agissait de mouvoir ses fesses sur les refrains forcément sirupeux de *Sugar Baby Love* ou de *Vanina*. Plusieurs garçons l'accostèrent, l'invitèrent à prendre un verre, le draguèrent ouvertement. Aucun ne semblait avoir connu Paulo le sourdingue.

Perché sur son tabouret, Coustot observait la scène avec un œil de dompteur. Il savait que Théo s'acquittait au mieux de sa tâche, même s'il devait redoubler d'efforts pour ne pas se trahir. Fernand matait les regards concupiscents d'hommes à la cinquantaine bien sonnée qui ne désespéraient pas d'inscrire ce beau garçon, un rien ténébreux et au torse si bien sculpté, à leur tableau de chasse.

Ancien de la Mondaine, le commissaire Coustot s'amusait du caractère cocasse de la situation même si, en réalité, elle consistait à rechercher une aiguille dans une botte de foin.

Théo évoluait de banquette en banquette, sympathisant avec l'un, avec l'autre, s'enivrant un peu plus à chaque verre offert.

Finalement, ce jeu n'était pas pour lui déplaire. Une fois que son charme avait opéré, qu'il avait confié à son « ami d'un soir » combien il ne se pardonnait pas d'avoir rompu avec Paulo, Théo passait sans scrupules à un autre de ses prétendants.

Les indices étaient maigres. Les nuits toulousaines de Paul Dupuy n'étaient peut-être pas aussi folles que le laissait supposer sa garde-robe. Fréquentait-il davantage le cabaret des *Berges de Garonne*, installé sur une péniche désaffectée, théâtre de numéros de transformistes souvent grotesques qui avaient lieu chaque samedi ?

Coustot n'était plus vraiment sûr de son coup. Et dire qu'il avait embarqué le jeune Trélissac dans cette affaire sans l'assentiment de Cantarel ! Demain, il ne manquerait pas d'essuyer quelques quolibets de la part du conservateur et de son épouse, sans parler de son adjoint.

Depuis plus d'un quart d'heure, Théo conversait avec un homme à lunettes dont le front était barré par une large mèche rousse que l'inconnu s'appliquait à relever d'un geste machinal, mais non dépourvu de préciosité.

Élégant, habillé d'une chemise blanche à col cassé, il fumait des cigarettes blondes en prenant soin, après chaque bouffée, de laisser échapper la fumée par le nez comme les vrais accros à la nicotine. Son visage frôlait parfois celui de Théo comme s'il voulait lui arracher un baiser, une caresse. L'adjoint de Cantarel riait de toutes ses dents avant de se renfrogner aussitôt. Était-il pompette ?

Puis Trélissac posa la main sur l'avant-bras de l'homme qui lui souriait en même temps qu'il lui parlait en forçant un peu la voix tant la musique était forte. L'individu prit soudain un air grave, parla avec ses mains, avant de se frotter contre l'épaule de Théo.

Une nouvelle fois, les deux hommes trinquèrent, se regardèrent dans les yeux avant d'échanger quelques supposées confidences.

À présent, le commissaire était affalé sur une banquette et sirotait son troisième whisky-Coca. Plutôt mal à l'aise dans ce décor exclusivement masculin, il essayait de se donner une contenance en ne lâchant pas des yeux son leurre.

Un garçon à la voix perchée s'approcha de lui et lui souffla à l'oreille :

— Je serais à ta place, je me méfierais. Ton petit mec est en train de te filer entre les pattes. Il est dans les griffes d'un escroc et il va le croquer sous tes yeux… Moi, je le ramènerais à la maison et lui donnerais une bonne fessée. Enfin, je dis ça pour ton bien, mon chéri !…

Jusqu'alors Coustot ne s'était jamais fait traiter de la sorte. Il remercia l'escogriffe du conseil et se contenta de sucer le glaçon au vague goût de whisky qui tintinnabulait au fond de son verre.

Le manège entre Théo et le prétendu escroc s'éternisait. Le petit Trélissac allait trop loin au goût du policier. Il s'alarma un peu quand les deux hommes s'éclipsèrent à l'étage inférieur où l'éclairage était davantage tamisé, favorisant les échanges plus intimes.

Fort heureusement, Coustot eut droit à un clin d'œil appuyé de la part de Théo, confirmant qu'il gardait toute sa lucidité.

Pour la première fois de sa vie, l'enquêteur éprouva un étrange sentiment de jalousie à l'égard d'un garçon dont il était censé, aux yeux de la clientèle de *La Cochinchine*, être l'amant.

Une heure plus tard, Théo réapparut. Seul.

L'homme à la mèche rousse avait déserté les lieux, convaincu que le jeune Trélissac le rejoindrait au petit matin dans sa villa de Tournefeuille, au 15 de la rue Carlos-Gardel.

— Quittons cette boîte, monsieur Coustot ! J'en ai marre de me faire peloter les fesses !

— Vous êtes méritant, Théo ! Alors ?

— J'ai envie de marcher, commissaire, de me barrer de ce sauna ! Non, plus exactement, vous savez ce dont j'ai envie ?

— Demandez, Théo.

— D'un grand bol de lait chaud.

— Dans ce cas, allons chez moi : j'habite juste à côté, rue Croix-Baragnon…

— À ce stade, je ne risque plus rien ! fanfaronna Théodore.

— Je vous rassure, je suis marié !

— Cela ne prouve pas grand-chose, commissaire !

En vérité, Fernand Coustot vivait seul. Sa femme l'avait plaqué quelques semaines plus tôt, laissant à sa charge un garçon de quinze ans qui dormait dans la chambre au fond du couloir. Le policier posa son index sur ses lèvres comme pour imposer à Théo un peu de discrétion.

Les deux hommes se retrouvèrent dans la cuisine. L'évier était couvert de vaisselle sale et la table encombrée des restes d'un poulet dépiauté. Le commissaire ouvrit le réfrigérateur, s'empara d'une bouteille de lait qu'il versa intégralement dans une casserole toute cabossée.

Il tourna le bouton du gaz avant de glisser le récipient sur une couronne de flammes bleues. Le doux ronronnement du butane apaisait les deux noctambules quelque peu abasourdis par la musique disco de *La Cochinchine.*

Théodore sentait l'aube pointer par-dessus les toits. Il songea à Cécile qui l'attendait dans les draps froissés de sa chambre d'hôtel de la rue Saint-Antoine. Coustot avait ouvert la fenêtre pour chasser les odeurs de nicotine qui infestaient l'appartement.

Théo prit son bol de lait chaud entre ses mains et vint s'appuyer contre le garde-fou de la fenêtre. La fraîcheur du matin avait quelque chose de régénérant. Le clocher de Saint-Étienne martelait les premières heures de l'aurore alors qu'un croissant de lune tentait d'arrimer un chapelet de nuages blancs poussés par le vent d'autan.

Impatient, Coustot n'avait pu s'empêcher de griller une Gitane.

— Qu'avez-vous appris, Théo, de ce sinistre sire ?

— Pas si sinistre que ça ! Un gars plutôt éduqué, extrêmement cultivé.

— ... qui, selon la formule consacrée dans le milieu des tantes, ne demande qu'à élargir le cercle de ses amis ! ricana le commissaire.

— Qu'est-ce que vous pouvez être cons, les flics, parfois !

— Je sais, elle est un peu facile, concéda le policier.

— Non, ce mec connaissait bien Dupuy. Pas de coucheries, semble-t-il, entre eux, mais des relations d'affaires.

— J'ai du mal à imaginer notre Paulo sourd de la feuille en redoutable homme d'affaires…

— Disons qu'il traficotait depuis une dizaine d'années dans les antiquités. C'est avec cet argent de poche qu'il se payait les plus beaux gars du pays. Et pas que des pédales ! Il y avait, paraît-il, beaucoup d'hétéros qui acceptaient de coucher avec lui pour le fric ! Il savait être généreux…

— Vous allez me faire croire, Théo, que là où il n'y a pas de mâle, il n'y a pas de plaisir !

— Je vais finir par vous appeler commissaire Vermot ! riposta Trélissac, ulcéré par les plaisanteries douteuses dont était capable Coustot.

Fier de ses gauloiseries, celui-ci écoutait donc Trélissac distiller les détails, parfois décousus, de son enquête nocturne.

— … Notre gardien de musée était en cheville avec un antiquaire du côté de Collioure. Un certain Ramón Montana qui, d'après ce que j'en sais, a le statut de résident andorran et se fait passer pour le protecteur des grands artistes de sa génération. Il se dit ami de Dalí et de César. Au début, Paulo lui donnait quelques tuyaux sur des aristos fauchés qui avaient besoin d'un peu de liquidités pour faire face à des besoins urgents.

— C'était un indic, un « apporteur d'affaires » en somme !

— Appelez ça comme vous voulez, commissaire. Parfois, Montana lui formulait des demandes un peu spéciales…

— Quel genre ?

— Style… Vierge du XIIe siècle en bois doré. Dupuy donnait le nom de la chapelle ou de l'église, et les hommes de main de Ramón se chargeaient de « collecter » la marchandise.

— Où ce fameux Montana recrutait-il sa main-d'œuvre ?

— Parmi les gens du voyage, comme on dit pudiquement. Du côté d'Argelès-sur-Mer, il paraît qu'il y a là des tribus de Gitans qui ont, en la matière, un degré d'expertise que vous ne soupçonnez même pas, commissaire !

— C'est-à-dire ?

— Ils peuvent, en une nuit, vous démonter une cheminée Louis XIII et la livrer dans les vingt-quatre heures qui suivent où vous voulez en France.

— Que faisait réellement Dupuy ?

— Il se contentait de renseigner. Il n'était pas assez courageux pour aller au-delà, ajouta Théo, désenchanté de la nature humaine.

— Son implication dans la disparition des Lautrec ne fait désormais aucun doute ! assena Coustot.

— Les dernières réserves me semblent en effet levées.

— Tout cela ne nous dit pas quel est le commanditaire des deux vols. Ramón n'était vraisemblablement qu'un intermédiaire chargé d'exécuter les basses œuvres, si je puis dire, pour le compte d'un collectionneur. Votre entreprenant rouquin ne vous a pas livré l'adresse de cet antiquaire de Collioure ?

— Je suis convaincu, commissaire, que vos hommes se révéleront efficaces dans cette traque aux trafiquants d'art.

— Quel est le point de vue de votre nouvel ami sur la mort de Dupuy ?

— Pour lui, le gardien du musée Lautrec devenait trop gourmand, trop encombrant aussi… Peut-être pas assez fiable ? Les hommes de Montana ont fait ce qu'il fallait, connaissant parfaitement son talon d'Achille.

— À ce propos, j'ai eu cet après-midi les résultats de l'autopsie de Dupuy. Paulo a été exécuté par strangulation avec un fil d'acier, puis déshabillé. C'est après l'avoir étranglé que ses assassins l'ont sommairement travesti et transporté jusqu'à la Gravière.

— Il n'a pas été tué sur place ? s'étonna Théo.

— Son élimination était programmée, puis elle fut hâtivement maquillée en affaire de mœurs. La perruque qu'il portait quand vous l'avez découvert, souvenez-vous, n'était même pas adaptée à son crâne, pas plus que ses vêtements féminins n'étaient à sa taille, rajouta Coustot.

— Mlle Combarieu n'avait pas tout à fait tort quand elle disait que Dupuy était un drôle de loustic !

— Je ne vous le fais pas dire… soupira le policier.

Par petites lampées, Théo avalait son lait chaud. Il recouvrait peu à peu ses esprits. La nuit avait été si mouvementée.

— Tonnerre de Dieu ! s'écria soudain Coustot. J'y suis ! *Le Grenier du voyageur* à Port-Vendres, la carte de visite dans la table de nuit.

Aussitôt, le commissaire se leva et se mit en quête de sa veste. Il entendait se rendre au bureau prendre avec lui quelques hommes et rejoindre illico la Côte Vermeille.

Théo s'interposa aussitôt :

— On ne s'est pas bien compris, commissaire. Vous me raccompagnez à Albi tout de suite, n'est-ce pas ?

Quand Coustot quitta prestement son appartement de la rue Croix-Baragnon, la casserole de lait s'était répandue sur la cuisinière à gaz en une flaque blanche qui sentait le cramé.

— Bordel ! Avec cette histoire, je vais foutre le feu à la baraque ! pesta le policier.

— Un conseil, monsieur Coustot, prenez la peine de laisser un mot à votre fils sur la table.

Vexé, le commissaire considéra le jeune homme de toute sa stature et eut un geste d'hésitation. Puis, saisissant une enveloppe qui traînait sur la table, il gribouilla au dos de celle-ci quelques mots qui ne lui étaient pas familiers :

Thomas, mon grand,
Je te souhaite une bonne journée et t'embrasse.
Papa.

— Merci, Théo ! Parfois, j'envie M. Cantarel de vous avoir à ses côtés.

En dévalant l'escalier, Théo gratifia le commissaire bien enrobé de son plus beau sourire. Celui qu'il offrirait à Cécile, dans moins d'une heure, quand le soleil habillerait de feu la cathédrale d'Albi.

14

— Enfin, monsieur Dorléac, vous n'allez quand même pas envoyer fleurs et couronnes à un homme qui a spolié votre musée ! s'exclama Hélène Cantarel, courroucée par tant de compassion.

Jean Dorléac n'avait jamais paru aussi abattu. Certes son musée avait retrouvé l'affluence des grands jours, certes l'enquête avançait désormais à grands pas, mais il se sentait désormais bien seul dans son palais où il lui semblait entendre les éclats de rire aigrelets de Toulouse-Lautrec.

Il n'avait désormais plus de secrétaire ni de concierge, car il s'était enfin résigné à ne pas installer le nouvel amant de Mme Labatut dans ses murs. Le courage lui manquait aussi pour organiser la rétrospective Monet qui devait constituer l'événement artistique de ce printemps. Tout lui paraissait au-dessus de ses forces.

Dans la plus grande discrétion, le corps de Paul Dupuy avait été rapatrié de la morgue d'Albi à Menton. Ainsi l'avait voulu sa sœur aînée, Madeleine, qui souhaitait que son « Petit Paul » repose en paix en un lieu d'où elle ne serait pas éloignée.

Cette femme de militaire n'avait pas cru à la version des policiers. Son Paul était incapable d'une chose pareille. Lui qui était la gentillesse et la bonté incarnées ! De l'avis même de Margot, la voisine de Dupuy, elle ne tarderait pas à mettre en vente la maison du Puits-Vert. « Même qu'elle était prête à la brader pour ne jamais plus avoir à revenir à Albi ! »

Bonne conseillère, Mme Cantarel suggéra à Dorléac d'embaucher sa fille quelques semaines comme secrétaire, le temps d'organiser le recrutement d'une nouvelle collaboratrice.

— Je ne veux pas qu'on m'accuse de népotisme ! protesta le conservateur.

— C'est juste l'affaire de quelques jours. Vous avez besoin d'une présence fiable à vos côtés. Tout va finir par rentrer dans l'ordre, Jean, croyez-moi !

Hélène avait cette faculté inouïe de contourner avec habileté les obstacles. La douceur de sa voix était un baume qui agissait efficacement sur les hommes. Seule la toquade de « son » Théo pour Cécile Dorléac avait fait naître en elle une pointe de jalousie qu'elle ne parvenait pas à dissimuler.

— Depuis le suicide de Labatut, la mairie a reçu pléthore de candidatures, poursuivit Dorléac. L'adjoint au maire veut placer un de ses neveux qui a eu trois doigts de pied sectionnés quand il était bûcheron dans les monts de Lacaune. Il boite un peu, mais c'est un garçon, argue-t-il, au-dessus de tout soupçon.

— Si M. Coustot était là, il vous dirait, cher ami, que Paul Dupuy était aussi au-dessus de tout soupçon !

— Vous avez raison, Hélène, je crois que je manque singulièrement de perspicacité et de discernement.

Je pense même que, d'ici peu, je vais renoncer à mes fonctions…

— Allons, allons, Jean ! Si Séraphin apprend que vous nourrissez pareilles intentions, il en déduira que vous ne méritez pas sa confiance. Songez que c'est mon mari qui a personnellement convaincu le ministre de maintenir l'exposition Monet en dépit des événements ! Il a engagé sa parole…

C'est alors que Théodore Trélissac frappa à la porte du bureau.

— Oh, Théo ! s'exclama Hélène. Vous tombez bien ! M. Dorléac et moi-même souhaitions avoir votre avis. J'étais en train de proposer à Jean d'embaucher Cécile trois ou quatre semaines, le temps de recruter celle qui devra prendre la place de l'« irremplaçable » Mlle Combarieu !

— Soyez charitable avec moi, Hélène, je vous en prie ! supplia le conservateur, la mine toujours accablée.

— Elle a toutes les compétences requises, souligna Théo.

Jean Dorléac avait renoncé au fauteuil de son bureau et se tenait à présent près de la fenêtre. D'un regard las, il observait Micheline Labatut chasser de son balai en paille de riz les feuilles mortes qu'avait abandonnées l'hiver dans la cour pavée du palais.

— Il me reste donc à trouver un successeur à ce pauvre Labatut, soupira Dorléac.

Théo se caressa le menton avant de suggérer :

— Maintenant que vous avez écarté du musée son cortège de brebis galeuses, peut-être pouvez-vous pratiquer, monsieur Dorléac, une forme de promotion en interne !

— À qui pensez-vous ? demanda le quinquagénaire au front humide.

— Réfléchissez… Il y a dans ce musée des hommes qui se sont révélés plus intègres que ne le laissait supposer leur passé…

Théo tourna aussitôt les talons.

— Pardonnez-moi, mais j'ai promis à Cécile un café liégeois au… *Pontié* !

À peine Jean et Hélène croisaient-ils leur regard quelque peu décontenancé que Théo s'était déjà volatilisé du bureau.

— Ce garçon est décidément incorrigible ! lâcha l'archéologue en jean.

— Mais tellement efficace et si charmant ! ajouta Dorléac, tout juste distrait par l'opulente poitrine que laissait échapper Micheline Labatut de son corsage à pois vert.

À son tour, Mme Cantarel se pencha à la fenêtre.

— Quelle allumeuse, tout de même !

— Vous savez, Hélène, ce que je regretterai le plus quand cette garce aura définitivement quitté sa loge ?

— Non, répondit la spécialiste des peintures infernales de la cathédrale d'Albi.

— Les odeurs exquises de sa cuisine, sur le coup de midi…

Aux premières lueurs de l'aube, Coustot et ses hommes avaient procédé à l'arrestation de Ramón Montana dans sa somptueuse maison, sur les hauteurs de Port-Vendres. L'homme, avec son fier accent catalan, avait d'abord nié tout lien avec Dupuy. Il prétendait ne rien savoir de ce garçon un peu maniéré et atteint de surdité qui lui servait de mouchard. Le commissaire avait alors utilisé la manière forte : perquisition en compagnie de la brigade financière de Perpignan accompagnée d'un mandat d'arrêt international, eu égard à son statut d'Andorran.

Le registre de police de l'antiquaire comportait une série de manques au vu du stock impressionnant de meubles et d'objets entreposés dans son arrière-boutique. Le mandat de perquisition, ordonné par le parquet de Toulouse, s'étendait au fonds de commerce, mais aussi aux biens immobiliers de Montana.

— Sa villa de Port-Vendres pouvait rivaliser avec les plus grands palais vénitiens, avait raconté Coustot à un Séraphin tout ébaubi. Des miroirs en bois sculpté et doré, époque Louis XV, rivalisaient avec des girandoles en baccarat. Des plafonds descendaient, je vous demande de me croire, des lustres en bronze et cristal, dont certains en verre de Murano ! Des toiles de maîtres, très anciennes mais aussi contemporaines, un Dalí, deux Picasso, un Matisse, tapissaient les murs. Sur des commodes en bois de rose, coiffées de marbre rouge, reposaient des candélabres ciselés, des pendules, des vases Lalique, des Gallé, vous auriez vu ça, Cantarel ! Un vrai musée…

Avec une jubilation peu contenue, le policier dressait au conservateur de Chaillot un inventaire précis du mobilier et des œuvres d'art que ce fameux Montana avait su amasser avec toute l'orthodoxie que l'on pouvait supposer…

— Son appartement de l'avenue Meritxell en Andorre n'était pas moins pourvu. Il était couvert de panneaux en bois de l'école hollandaise, de dessins d'Ingres, de toiles de Vlaminck, de Vuillard, de Poliakoff, d'Henri Martin…

À l'énoncé de cette énumération, Séraphin n'en croyait pas ses oreilles.

— Mais, je vous rassure, Cantarel, dans toute cette galerie de tableaux, un tiers étaient des faux !

À s'y méprendre. Le Catalan avait son réseau de peintres faussaires : des artistes russes qu'il faisait venir de Moscou ou de Saint-Pétersbourg. Une main-d'œuvre venue de l'Est, extrêmement douée et si peu chère… Souvenez-vous, Théo avait attiré notre attention sur ces sombres et si coupables pratiques…

— Ce qui signifie, Coustot, si je vous suis bien, que les toiles que vous avez retrouvées dans son appartement d'Andorre-la-Vieille étaient, pour ce qui est des authentiques, des œuvres récemment volées, et pour les copies, des tableaux dont les originaux le seraient sous peu…

— C'est tout à fait cela ! C'est ainsi qu'a disparu, lors d'un premier cambriolage, totalement passé inaperçu aux yeux du musée Lautrec, le *Tapié de Céleyran*, grâce à la complicité de Dupuy. La seconde fois, les hommes de Montana ont opéré sans pratiquer l'« échange ». Vous saisissez ?

— Totalement ! confessa le conservateur, frappé par la machiavélique ingéniosité des trafiquants d'art.

Et le policier à l'embonpoint rassurant de poursuivre son récit :

— Couderc et moi l'avons cuisiné pendant plus de quarante-huit heures. Ce retors nous lâchait des infos au compte-gouttes. Il prétendait bénéficier de protection. Un de ses fidèles clients était, disait-il, un ministre très connu. À chaque fois, il minimisait sa participation dans des affaires qu'il savait aussi douteuses que juteuses. Cet homme méprise l'art. C'est un vénal, pas même un esthète ! De tout objet, il se sert comme d'une marchandise négociable. Vous verriez sa dégaine ! Chemise tahitienne, chevalière et chaîne en or, bronzé aux UV, les cheveux gominés plaqués en arrière, avec deux fiottes pour valets.

C'est vraiment un personnage grotesque, une caricature de caricature !…

— J'imagine, soupira Cantarel en esquissant un sourire entendu.

Les deux hommes avaient choisi une arrière-salle du *Pontié* pour évoquer l'affaire qui ferait, à coup sûr, la manchette de tous les journaux le lendemain.

Plongée dans un seau à glace en argent, une bouteille au muselet signé Moët & Chandon séparait le policier du conservateur en chef.

Dans deux splendides coupes en cristal, du plus pur style années 30, des chapelets de fines bulles dansaient allègrement dans ce breuvage doré que ne manqueraient pas de porter aux lèvres les deux complices, le moment venu.

— L'affaire Lautrec restera dans les annales, croyez-moi ! Le commanditaire, car pour le coup Montana n'a été qu'un exécutant zélé, est un bien étrange individu. Un autodidacte parfait, qui a réussi dans les travaux publics, un dénommé Henri de Lapèze, qui a cru bon de s'inventer une particule lorsque sa fortune s'est mise à croître. C'est un vieil homme, à présent en fauteuil roulant, qui n'a pas été autrement surpris quand nous sommes venus le cueillir.

— Racontez-moi vite ! trépigna Cantarel.

— Lapèze avait acheté le château de Gincla, dans la haute vallée de l'Aude. En fait de château, c'était plutôt une ancienne bastide qu'il s'était employé à restaurer et surtout à meubler avec des œuvres et du mobilier qu'il emportait à prix d'or dans les salles des ventes de Toulouse, Bordeaux, Montpellier, Cannes, ou même Monaco. À Drouot aussi…

— C'est comme ça qu'il a rencontré Montana ? présuma Séraphin.

— Absolument. Ramón était bien plus qu'un antiquaire auprès duquel le nouveau riche se fournissait parfois. C'était son conseiller en œuvres d'art, son décorateur aussi. Il suffisait que Lapèze émette un vœu, aussi fantasque soit-il, pour que Montana s'exécute sur-le-champ…

— D'autant qu'il en avait… renchérit Cantarel.

— Pardon ?

— Du pèze ! souligna Séraphin.

— Excellent ! Du coup, j'en perds le fil de mon histoire…

— Vous disiez, cher commissaire, que le Catalan était son mentor, son fournisseur, son décorateur et peut-être son amant.

— Ça, je n'en sais fichtre rien et, en vérité, je m'en contrefous. Toujours est-il qu'Henri de Lapèze…

Le policier se jouait dans la voix de ce faux titre nobiliaire.

— … était originaire de Salles-d'Aude, à côté de Coursan. Ses parents étaient de modestes paysans qui tiraient le diable par la queue. Avant son mariage, sa mère Adeline était entrée au service des Tapié de Céleyran. Elle n'avait pas seize ans quand elle s'est fait engrosser, la nigaude, par un garçon de ferme ! L'enfant est né prématurément et, un soir d'orage, prise de panique, elle l'a abandonné devant la grille du château. Charitables, les Tapié de Céleyran ont recueilli le nouveau-né qu'ils ont confié à une préceptrice, une certaine Émilie Salvat, laquelle a élevé le petit garçon du mieux qu'elle put. Elle l'a baptisé Routy et, plus tard, l'adolescent pas très doué de la tête loua ses bras auprès des métayers des Tapié de Céleyran.

— C'est le Routy peint par Lautrec ?

— Parfaitement !

— Ce garçon était donc le compagnon de jeux du peintre au même titre que son cousin Gabriel ?

— Je ne vous le fais pas dire, Cantarel. Ces œuvres-là avaient, aux yeux de Lapèze, une valeur inestimable. Il voulait, disait-il, pouvoir les contempler chaque jour que Dieu faisait.

— Ce qui voudrait dire que ce Routy était son frère ?

— C'est ce qu'il prétend ! Sa mère lui aurait révélé ce secret sur son lit de mort ; quant à son père, il ne s'est jamais senti concerné par ce rejeton illégitime, né d'une partie de jambes en l'air dans les foins.

— Tout s'explique ! s'extasia Cantarel en réajustant son nœud papillon. Mais pourquoi avoir volé, ou fait voler, aussi l'autoportrait de Toulouse-Lautrec ?

— Routy, Gabriel Tapié de Céleyran, le petit Henri boitillant, mon cher Cantarel, appartenaient à l'enfance présumée de celui qu'il considérait comme son frère de sang.

— Cette histoire est à peine croyable ! Quel âge a cet Henri de Lapèze ?

— Quatre-vingt-seize ans !

— N'est-ce pas plutôt un mythomane ou un parfait illuminé ? se soucia Cantarel.

— Les quelques renseignements que j'ai recueillis laissent à penser qu'il disait peut-être vrai...

— Pourquoi « disait », commissaire ?

— Parce qu'il s'est éteint dans le fourgon cellulaire sur le chemin de la prison de Carcassonne.

— Bon Dieu ! Comme c'est étrange... Les toiles sont-elles intactes ? s'inquiéta tout à coup Cantarel.

— Elles étaient toutes les trois suspendues sur les murs du salon à Gincla, sans cadre, juste éclairées par des candélabres qui restaient allumés, paraît-il, jour et nuit.

— Comme tout cela est curieux ! répétait, incrédule, le conservateur du musée des Monuments français.

— Votre épouse et Cécile Dorléac avaient raison : ce vol avait quelque chose d'irrationnel, de terriblement passionnel.

— Et l'assassinat de Dupuy ? insista alors Séraphin.

— La responsabilité en incombe directement à Montana qui avait demandé à ses hommes, trois frères gitans qui prêtaient régulièrement main-forte à l'antiquaire, de le liquider. Le montant de la transaction entre Montana et Lapèze était bien trop conséquent et la commission allait de pair. Et puis « Dupuy était très fragile psychologiquement. Un jour ou l'autre, il aurait vendu la mèche », a fini par avouer Montana.

— Bravo, commissaire ! Voilà du beau travail. C'est Dorléac qui va enfin gagner en sérénité !

Par un jeu de miroirs, Coustot aperçut Théo à la terrasse du *Pontié*, serrant par la taille la fille du conservateur d'Albi qui riait aux éclats.

— Je pense très sincèrement, Séraphin, que votre jeune collaborateur Théo a bien mérité de partager avec nous cette bouteille de champagne.

De concert, les deux hommes invitèrent à leur table le couple d'amoureux qui ne se fit pas prier.

La mine réjouie, l'esprit enfin léger, tous quatre portèrent un toast à ce diable de Toulouse-Lautrec qui, du ciel, devait rire comme un bossu de ce pied de nez à l'Histoire.

Délicatement, Séraphin Cantarel trempa alors ses lèvres dans le frais breuvage.

— Dieu, que c'est bon ! s'enthousiasma-t-il.

— C'est quand même meilleur que leur gaillac mousseux ! s'esclaffa Cécile Dorléac qui, en matière de vins clairs, avait meilleur palais que son père.

ÉPILOGUE

Ce 15 juin 1975, Jean Dorléac avait recouvré sa verve et son panache des beaux jours. Que, la veille, les Verts de Saint-Étienne eussent gagné la Coupe de France (2 à 0 face à Lens), et remporté par là même leur quatrième doublé Coupe-championnat, lui importait assez peu. Non, M. le conservateur était tout à son bonheur dans ses habits d'homme de l'art. Les trois tableaux de Toulouse-Lautrec avaient retrouvé leur place, le nouveau système d'alarme était prétendument infaillible et le génie, tout en nuances et en couleurs, de Claude Monet venait prendre ses quartiers d'été à Albi.

Pour la circonstance, le secrétaire d'État à la Culture avait fait le déplacement sur les berges du Tarn, entraînant dans son sillage son efficace collaborateur en charge des Musées de France, accompagné bien sûr de sa ravissante épouse. Séraphin Cantarel ne cachait pas sa satisfaction devant la quarantaine de toiles qui égayaient les cimaises du palais de la Berbie.

Parmi les très nombreux invités, on reconnaissait Emmanuel Bondeville, secrétaire perpétuel de l'Académie des beaux-arts, Jacques Carlu, membre de l'Institut mais surtout conservateur du musée Marmottan, et le Tout-Albi, flûte de gaillac mousseux à la main, qui n'en finissait pas de s'extasier devant l'éclectisme des œuvres du peintre impressionniste.

Parmi cette foule endimanchée, Théo reconnut nombre de silhouettes qu'il avait croisées quand Albi ne frémissait plus qu'au rythme de l'invraisemblable affaire Lautrec. Cécile ne le quittait pas des yeux et, entre les petits-fours et les discours, alimentait le verre de son hidalgo en… champagne.

Un soleil franc – de ceux que n'aimait pas Monet ! – inondait les toits d'Albi au point que Sainte-Cécile en rougissait de plaisir. Dans la loge du concierge, Gérard Dorval avait installé celle qui allait devenir sa femme. Théo serait le témoin de leur mariage. Décidément, l'ancien amant de Dupuy s'était rangé pour de bon. Lazaret le poltron, Pizzolini le Corse et tous les autres gardiens du musée étaient également de la fête et blaguaient entre eux. Il se murmurait que la nouvelle secrétaire de Dorléac pourrait bien être la nièce de l'adjoint au maire de la ville, « une fille sans histoires » qui s'ennuyait au service des archives municipales…

Quand Hélène Cantarel, s'approchant de Théo, le pria d'avoir la bonté d'aller lui chercher un verre d'eau, l'insolent Trélissac lui fit remarquer :

— Voyons, Hélène, de l'eau au pays du gaillac ! Vous savez ce que faisait Toulouse-Lautrec quand il invitait des amis à sa table ?

— Non, que diable !

— Eh bien, il remplissait les carafes d'eau… de poissons rouges !

Les deux invités ne purent réprimer un complice éclat de rire. Comme le jour où, dans la cathédrale Sainte-Cécile, Hélène avait initié le jeune assistant de son mari aux délices de l'Enfer.

REMERCIEMENTS DE L'AUTEUR

Ce roman est le fruit de l'imagination de l'auteur. Toute ressemblance avec des personnes existantes ou ayant existé ne serait que fortuite ou coïncidence. Seules l'œuvre et la vie de Toulouse-Lautrec ont été scrupuleusement respectées. L'auteur tient à exprimer ses plus vifs remerciements à Geneviève Besse-Houdent, historienne de l'art, Stéphane Micoud, diplômé de l'École du Louvre, et la romancière Viviane Moore pour leur amicale, enrichissante et très précieuse collaboration.

Claude Izner

Les enquêtes de Victor Legris

Claude Izner sait recréer l'effervescence du Paris de la fin du XIXe, celui de l'Exposition universelle, du Montmartre des artistes, des petits théâtres, des rues sombres, dans la tradition d'un Eugène Sue et de ses *Mystères de Paris.* Victor Legris, propriétaire d'une librairie rue des Saints-Pères, se voit chargé de résoudre des cas mystérieux, touchant ses proches, comme son ami et associé, le Japonais Kenji Mori. Au fil des différentes affaires, le libraire de l'Elzévir s'improvise détective, jusqu'à ce que cela devienne une véritable passion !

n° 3505 – 7,40 €

Yves Josso

Les enquêtes de Clémence de Rosmadec

Étudiante dans un célèbre atelier de Montmartre, la jeune et pétillante Clémence de Rosmadec est une artiste prometteuse. S'échappant chaque été de la capitale, elle retourne dans le manoir familial de Pont-Aven, terre d'élection, en cette fin de XIXe siècle, d'une nouvelle génération de peintres qu'elle admire, à commencer par Paul Gauguin. Mais le milieu fermé des artistes se révèle aussi parfois dangereux et, pour certains, les meurtres sont comparables à de véritables chefs-d'oeuvre. Aidée de son excentrique famille, Clémence va conjuguer ses talents de peintre et sa soif de justice pour résoudre les crimes qui secouent le monde de l'art.

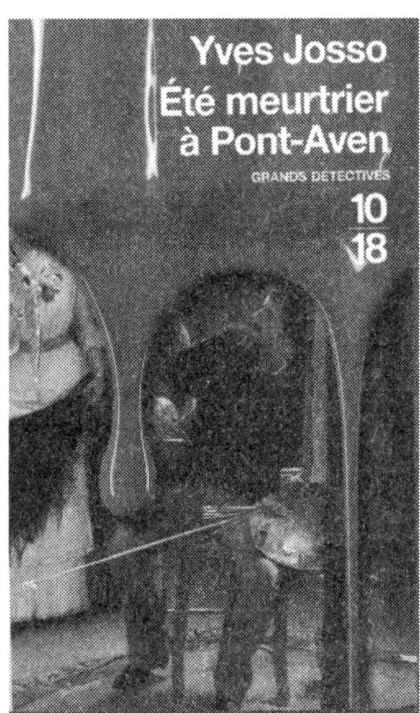

n° 4020 – 7,90 €